चुभती, जलती, खलती, चलती, मलती, टलती, फलती, बदलती लघुत्तम कविताएँ...

बबूल के काँटे

कविता-संग्रह

बरुण सखाजी

अंजुमन प्रकाशन

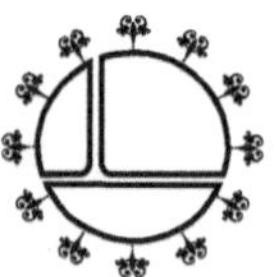

लघुत्तम : बबूल के काँटे (कविता-संग्रह)
सर्वाधिकार : बरुण सखाजी, 2020

अंजुमन प्रकाशन

942, आर्य कन्या चौराहा, मुठ्ठीगंज
प्रयागराज - 211003 उत्तर प्रदेश, भारत
website - www.anjumanpublication.com
E-mail - anjumanprakashan@gmail.com

प्रथम संस्करण अंजुमन प्रकाशन द्वारा 2020 में प्रकाशित
आवरण व टाइपसेटिंग - अंजुमन प्रकाशन, प्रयागराज

ISBN : 978-93-88556-33-0

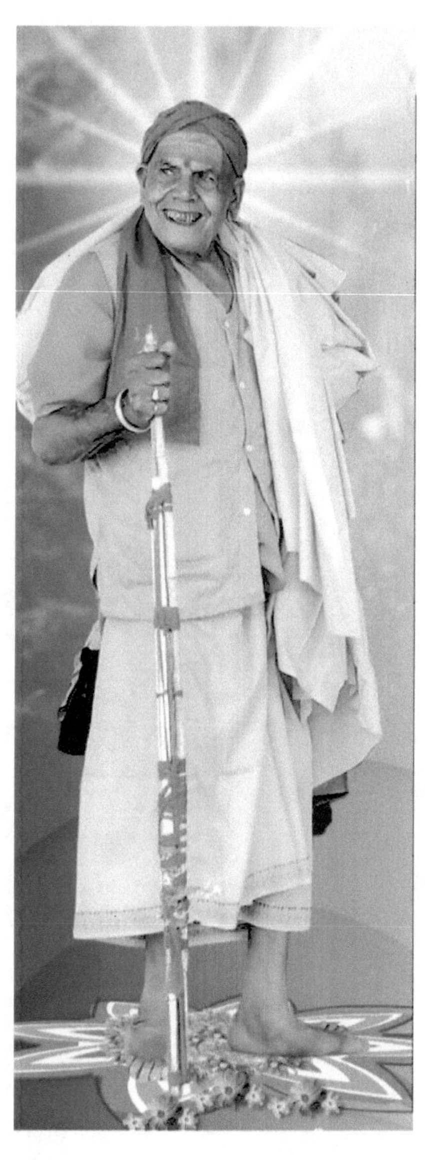

चैतन्य हनुमत्सम परमहंस, गुरुवर
श्रीराम बाबाजी महाराज
के चरणों में समर्पित उनके वाङ्मय से परावर्त,
परिचित्रित अभिव्यक्तांश।

प्रस्तावना

व्यंग्य उपन्यास 'परलोक में सैटेलाइट' के बाद बरुण सखाजी का काव्य-संग्रह 'लघुत्तम बबूल के काँटे' ऐसा लगता है कि बस विधा बदली है, भाव धारा-धरा वही है; कथ्य भी, शैली भी। व्यंग्य सखाजी के लहू में है, हीमोग्लोबिन बनकर तिरता है; प्राण है, प्राणाधार भी। पेशे से पत्रकार हैं। नीम-करेला तो नहीं कहूँगी, सोने पर सुहागा कहना ज़्यादा उचित होगा। बंकिम दृष्टि के बादशाह। दृष्टि तो सभी के पास होती है, दिखता भी है... किंतु देखे को अनदेखा कर देने का ही 'गुण' अधिकांश में होता है। सखाजी अल्हदा हैं, देखते हैं, जी-भरकर देखते हैं, मुँह नहीं फेरते। देखे को समझते हैं, बिफ़रते हैं; चुप नहीं बैठते कह डालते हैं निर्भय, निर्द्वन्द्व, बेबाक। उनकी आवाज किसी का पहरा पसंद नहीं करती। शब्द बेधड़क हैं। अभिव्यक्ति की आजादी का प्रश्न यह खौफ़ उन्हें सताए जिनकी लेखनी में भय की स्याही हो, यहाँ तो बेखौफ़ अभिव्यक्तियाँ हैं, एक ज़िद के साथ...

लेकर मसाल हाथ में
चिन्गारियों का ख़याल साथ में
भींचकर मुट्ठियाँ में रावण खोजता हूँ
इल्ज़ामों का सावन खोजता हूँ

विसंगतियां रचनाकार को झकझोर देती हैं। राजनीति, सत्ता, समाज, धर्म, प्रकृति, जीवन, स्त्री-पुरुष, बस्तर, लेख, सम्पादक, व्यवस्था, तंत्र, वंचित-वर्ग, बदलता समय-सब कुछ इनकी पैनी दृष्टि में विवेच्य है, कथ्य है.. इस मायने में वे सचमुच समय के रचनाकार हैं, युग प्रतिनिधि। उनका लिखा समय से सवाल करता है। बेचैन हैं, निरंतर एक कचोट है जो कवि-हृदय को सालती है। परिवेश का प्रथम आवरण 'ग़लत' हुआ पड़ा है, 'भूल-ग़लती' पर मुक्तिबोध की दृष्टि है किंतु उन जैसा साहस, अभिव्यक्ति के ख़तरे उठाने का दुस्साहस कितनों में है। ग़लत को ग़लत कहना ज़रूरी है, खोह में जाते समय को उबारने के लिए। सखाजी में इसका हठ है, वे स्वाभिमान से परिपूर्ण हैं..

इस क़दर झुक-झुककर सलाम करना नहीं
कि कमर झुके तो भी लोगों को सलामी लगे
ऐसा वे इसलिए कह पाते हैं क्योंकि उनका लेखन क़िले के कँगूरे

बनने, मोनालिसा की भाँति चित्रस्थ लटकने की अपेक्षा नहीं करता; उनका लक्ष्य 'मनुष्य' है, स्वार्थ नहीं। उनका लेखन स्वांतः सुखाय नहीं, यश की कामना लिए नहीं... ठीक दुष्यंत की भाँति, हंगामा खड़ा करना मक़सद नहीं। तस्वीर बदले, इसलिए पर्वत-सी हुई पीर यहाँ पिघल पड़ी है, उबलती हुई। आक्रोश किंतु 'निः' और 'हत' उपसर्ग से युक्त सही, 'आशा' शेष है। उसे जिलाए रखने की कोशिश का परिणाम है सखाजी का सम्पूर्ण लेखन। खूब यह है कि दलबंदी, गुटबंदी के घोर 'साहित्यिक समय' में भी वे इससे स्वयं को मुक्त रख पाते हैं। किसी के वे पक्षपाती नहीं; पक्षधर हैं तो सिर्फ़ और सिर्फ़ 'आदमी' के... इसलिए वे एक तरफ़ कन्हैया, रामजस, जेएनयू, 'आज़ादी' पर तंज़ करते हैं तो दूसरी तरफ़ 'अच्छे दिन', मोदी, नोटबंदी, शिखर सम्मान को भी कटघरे में खड़ा करने से नहीं चूकते। स्वयं को तटस्थ रख पाना, कीचड़ में कमल-भाव की उपस्थिति सहज नहीं है आज। आज ही क्यों, हर दौर में इस सम्बन्ध में असहमतियाँ, असहिष्णुता, खण्डन-मण्डन देखने को मिले हैं। कबीर समाज-सुधारक भी कहे गए, किन्तु उनमें भी तो निर्गुण का मण्डन, सगुण का खण्डन है। तुलसी समन्वयवादी होकर भी आरोपों से नहीं बचे। आज तक सारा क़िस्सा खिंचता आया, वामपंथी-दक्षिणपंथी। सखाजी इन झंझटों में पड़ते दिखाई नहीं देते; जहाँ जो स्थिति असहजता पैदा करती है उस पर वे जमकर बोलते हैं। आज प्रत्येक क्षेत्र अंतर्विरोधों से ग्रस्त है, उन पर संग्रह में बख़ूबी उँगली रखी गयी है।

सखाजी में जीवन-दर्शन झाँकता है, जीवन के प्रति उनका ख़ास-स्पष्ट नज़रिया है। जीवन को यों ही जीते चले जाना जिसमें 'सोच' न हो, उनकी दृष्टि में व्यर्थ है। उनकी शुरूआती कविता ही आज की दौड़ती-भागती-हाँफती जिंदगी पर अफ़सोस प्रगट करती है...

सोचविहीन ज़िंदगी की यही तो परिणति होती है। *'आहार निद्रा भय मैथुनं च। सामान्ययेतत् पशुभिर्नराणाम्'*।। आहार, निद्रा, भय और मैथुन मनुष्य व पशु दोनों में ही समान आवश्यकताएँ हैं, फिर मनुष्य यदि पशु नहीं है तो कुछ तो लक्षण हों जिनसे वह भिन्न रेखांकित किया जा सके। खेद है कि उपभोक्तावादी संस्कृति ने मनुष्य को पशु-तुल्य ही ज़्यादा बनाया है... ज़रूरत, ज़रूरत, ज़रूरत। मनुष्य बने रहने की सोच 'ज़रूरत' की परिधि से बाहर फेंकी जा चुकी। परिणाम हमारे समक्ष है, प्रमाण सम्पूर्ण विश्व है। ख़तरा अंततः हम पर ही है, अनुगूँज को हम तक लौटना ही है। ज़िंदगी की चूँ-चर्र, घिसटती हुई 'घर्र-घर्र' में न बदल जाए... सोचो। अरपा हो या नर्मदा या इनकी आड़ में साधा जाता स्वार्थ, सभी के मूल में सोच-विहीनता ही है अथवा है एक निश्चित दिशा का 'स्व-बोध'।

राजनीति का जो हाल है बखानने की आवश्यकता नहीं। सत्ता-शक्ति-सामर्थ्य की चाह ने इसे अखाड़ा बना रखा है। प्रतिरोध क्षीण है। 'प्रतिरोध ए फ़ेम'! राजनैतिक परिदृश्य पर व्यंग्य पहेलीः विश्वास, गालिबबाजीः फ़िज़ा-ए-शहर, शेर ऑन डिजायर ए फेम, वॉट एन आइडिया सर जी, हिंदुस्तानी ट्वीटरिका, जो ग़ुस्सा दिला देः दाना माँझी, मोदीजी नमस्ते, कुर्सी चरित्रम्, हुक्मरानों का ख़ौफ़, आपातकाल की सालगिरह क्यों मनाएँ, फाँसी किसे हो, दिग्विजय, आज़ादीः सलाम सबको आदि कविताएँ ध्यान खींचती हैं। कवि, सिस्टम से तिलमिलाने वाले प्रश्न करता है, तंत्र के लापरवाह रवैये से असहमति जताता है, करारे व्यंग्य-बाण छोड़ता है तो चुटकियाँ भी अवश्य लेता है। मोदीजी इस वक्त ऐसे आइकॉन हैं जिन पर प्रतिरोधी शब्द छोड़ना ख़तरे से ख़ाली नहीं... ऐसे में भी सखाजी का दम देखिए...

'मोदी और अच्छे दिन' चुनाव-पूर्व एक मुहावरा बन चुके थे; चुनाव पश्चात का मोहभंग। कवि निडरता से प्रत्यक्षतः मोदी से रूबरू व्यक्त करता है। शब्दों की लुकाछिपी या पेंचदार लहजे में नहीं, खुल्लम खुल्ला। वे न मोदी भक्त हैं न कन्हैया-जेएनयू भक्त; उन्हें हर उस चीज़ से असहजता है जिसमें देश को कष्ट होता है; तंत्र हो या व्यक्ति सभी उनके निशाने पर होंगे, चूकना अक्षम्य अपराध है। आपातकाल की 'सालगिरह क्यों मनाएँ' कविता ज़बरदस्त आक्रोश की झलक है। कवि प्रश्न करता है कि आख़िर क्यों मनाएँ आपातकाल की सालगिरह? वह व्यतीत कहाँ है? वर्तमान है... रूप बस बदल गया है..

राजनीति के चाल-चेहरा-चरित्र और सत्ता-लोलुपता की संस्कृति पर इसी तरह यत्र-तत्र चोट दिखाई देगी। राजनीति और धर्म इस वक्त यदि लोकतंत्र के दो छोर हैं, तो राजनीति की ही भाँति धर्म-क्षेत्र भी तमाम अंतर्विरोधों, पाखण्डों से लबरेज़ है। आसाराम, राम-रहीम समय के अजीबो-गरीब कटुसत्य हैं। धर्म से लक्ष्य साधे जा रहे हैं। साधु-संत-फ़क़ीर योगी भ्रामक से हो गये हैं। तथाकथित योगी-फ़क़ीर पंच सितारा जीवनशैली भोग रहे हैं... इस पर हास्य-व्यंग्य की फुलझड़ी देखिए...

ऐसा बना योग
हर योगी को लगा रोग
गद्दियाँ मल रहे हैं
ख़्वाब यूँ पल रहे हैं
हो कि कोई लकीर
बदल दे तक़दीर
है काश कि मिले भगवा का भोग
जरा देखना है कोई राजयोग

इस कविता की व्याख्या करने की आवश्यकता नहीं; प्रत्यक्ष को प्रमाण की भी क्या आवश्यकता... पर अफ़सोस कि आस्था के नाम पर खिलवाड़ बहुत चल रहा है। 'भगवा' हिंदू संस्कृति में सम्मान-श्रद्धा का रंग रहा, उसे निहित स्वार्थ तत्वों ने कलंकित किया है, काजल लगाया है; योग-भोग का अजीब-सा समीकरण हुआ है। राम के नाम पर बरगलाने वालों और मुहम्मद के नाम पर बकरे की बलि देने वालों पर कवि ने एक ही मंच पर आवाज उठायी है, 'हे राम' में। 'धर्म के नाम पर बलि, हिंसा से अधिक कुछ नहीं, इसे आस्था पर इरादतन चोट ही समझें।' कहने वाले सखाजी ने 'चौपाये की गुहार' कविता में भी हिंदू-मुस्लिम दोनों को ही पशु-बलि के लिए आड़े हाथों लिया है। 'नया साल' में वह कहता है, 'कैसे कहूँ हैप्पी न्यू ईयर, जब सब बदल रहे अपने-अपने गियर।' टोपी, तिलक, सलीब के मध्य 'धरती केक-सी कट' रही है, सभी बँटे हुए हैं, तब कैसा नया साल! धर्म-सम्प्रदाय में बँटते लोगों में नवीनता की कैसी अपेक्षा! कैसी ख़ुशी। बहुत सही। कैलेंडर बदल रहा है और हम हैं कि पुरातन हुए जा रहे; ख़यालों से एकदम दकियानूसी, कहाँ गई प्रगतिशीलता! सिर्फ़ पोशाकों, खान-पान, रहन-सहन के दिखावे में! भीतर वही कूड़ा मगज... कूड़ा कचरा... अलगाव!

कवि ने अवसर लेकर समसामयिक मुद्दों पर टिप्पणियाँ की हैं तो 'पति की मुस्कान' पर जैसी हास्य-कविता भी लिखी है... किंतु उनका मन हास्य की जगह व्यंग्य और प्रश्नों में ही ज्यादा रमता दिखायी देता है। यह समय स्त्री-विमर्श का है इससे कैसे अछूते रहें। वे भी चाहते हैं कि स्त्री को उसका अपेक्षित सम्मान मिले, किंतु सोच स्वतंत्र हो। उन्हें सख्त ऐतराज है कि स्त्री-सशक्तीकरण पुरुष की समानता के पैमाने पर तोला जाए। पुरुष, पुरुष है स्त्री, स्त्री। पुरुष की सशक्तता के मापदंड अलग। पुरुष नियति से, प्रकृति से पुरुष है तो स्त्री भी

प्रकृतिः स्त्री है... दोनों ही एक-दूसरे की जगह नहीं ले सकते, फिर पुरुष से पुरुषवादी होड़ लेने की मानसिकता क्यों। 'महिला दिवस क्यों?' कविता में उन्होंने सवालों की बौछार कर दी है, जिनके उत्तर स्त्री-विमर्श को सही परिप्रेक्ष्य में देखे जाने की वकालत करते हैं।

नग्न पुरुष के संग, नग्न छाती ही बराबरी क्यों है?
शारीरिक सौष्ठव, पुरुष-सी स्वच्छंदता
दारू-शारू ही बराबरी क्यों?
पैमाने तेरे, आज़माइश मेरी क्यों है?

स्त्रीवादी चिंतकों की पेशानी पर बल ज़रूर डालेंगे। स्त्री-विमर्श जब चिंतन-दायरे में है तब वंचित वर्ग भला कैसे छूटे, वह तो कवि-मन के एकदम निकट है... उसकी दुर्दशा उसकी पीड़ा को क़रीब से देखा है रचनाकार ने। 'एक मज़दूर की आत्मा' संग्रह की उत्तम कविता है। लघुत्तम व्यंग्य, कविता, क्षणिका लिखने के आदी कवि को निर्माणाधीन भव्य अंतरराष्ट्रीय स्वीमिंग पूल की तीसरी मंज़िल से गिरकर मरे मज़दूर ने ऐसा झकझोरा कि उन्होंने मज़दूर की काया में प्रवेश कर लिया। इस आत्मकथ्य ने लम्बी कविता का रूप धरा और बेहद मार्मिकता के साथ मज़दूर के परिवेश और परिजन की पीड़ा को स्वर दिया...

... मगर बदाक़िस्मती से मेरा पैर फिसला
तिमंज़िला रायपुर के पूल से पत्थर पर जा गिरा
पौंद के बल
चकनाचूर हो गयीं हड्डियाँ
चंद मिनट भी न जिया
बस बन गया था एक मेहतर के लिए लाश
पुलिस के लिए अनसुलझा केस
आरोपियों की तलाश
ठेकेदार के लिए आपदा और अपशकुन
और पत्रकार दीपक तुम
तुम्हारे लिए एक ख़बर
इन जनाब के लिए एक कविता
मंच पर संवेदनाओं का ज़ख़ीरा लूटने की।

सचमुच यही तो सम्पन्न-सुविधाभोगी वर्ग के लिए वंचित-वर्ग 'ऑब्जेक्ट' मात्र तो है; उसकी पीड़ा, 'सब्जेक्टिव' कब रही! शायद तभी ओमप्रकाश वाल्मीक हैं, 'जूठन' है। काश कि पीड़ित की पीड़ा को उसके परिप्रेक्ष्य में समझा, महसूस किया जाता। किसान का मतलब क़र्ज़, बैंक, आत्महत्या के आँकड़े क्यों हैं। उसकी पीड़ा को देखने की दृष्टि हो तब न उसका समाधान ढूँढ़ने की ईमानदारी होती। दूरबीन से देखा हुआ दुःख, एयरकंडीशंड कमरों में बनी योजनाएँ कितनी महीन होंगी। सामंती मानसिकता, सवर्णों की वीरता और अछूतों की दुर्दशा का बुंदेली पाठ 'बुंदेली न्याय' भी अच्छा-ख़ासा तंज़ है। आंचलिकता की रवानी, छौंक ने कहन को ज़बरदस्त उभारा है। 'चमरौआ की अम्बेडकराई रजपूतन की वीरता' के आगे कैसे धरी की धरी रह जाती है उसकी दुःखांतिका है यह कविता। आज भी यह हमारे समाज का स्याह पक्ष है। जाति-प्रथा, ऊँच-नीच, खाप पंचायतें इक्कीसवीं सदी की गाड़ी में बक़ायदे सवार हैं, बेरोकटोक सफ़र में साथ हैं।

सखाजी के 'बबूल के काँटे' काव्य-संग्रह में विसंगतियों-विडम्बनाओं-पाखण्डों-अंतर्विरोधों-विरोधाभासों पर कड़ा प्रहार है। एक उँगली सामने की ओर है, चार अपनी ओर हैं इस बात से कवि अनभिज्ञ नहीं और चुप भी नहीं। वह लेखक है, पत्रकार है, सम्पादक भी। समाज के प्रति उनकी जवाबदेही कम नहीं है किंतु अन्य वर्गों की भाँति यहाँ भी ढलान है... सभी चूक रहे हैं तो ये क्यों न चूकें। कवि इनकी चूक पर भी बराबर पहरा दे रहा है, इस पर भी बोलने से नहीं चूकता। सम्मान की प्रत्याशा में लिखने वालों की कमी नहीं और इसके लिए होने वाले जोड़-तोड़ भी जग-ज़ाहिर हैं। ऐसे लेखकों के लिए कहना है...

तथाकथित प्रगतिवादी, वंचित-वर्ग के हिमायती दिखने-लिखने वाले कवियों की भी उन्होंने अच्छी खिंचाई की है, 'असहिष्णुता पर उस वक्त ड्रॉफ्ट में रह गयी' कविता में। ये 'बड़े कवि' शिखर-सम्मान पा जाते हैं पर जिनके नाम रच-रचकर उन्होंने नाम कमाये उसे तो इनका दूर-दूर तक नाता नहीं होता। क्या खूब! जिनके लिए लिखा, जिस पर सम्मान मिला, उनके मध्य पसरी है तो सिर्फ़

संवादहीनता। झोला टाँगे, व्हिस्की की बोतल टकराते, पाँच सितारा लाइफ़
स्टाइल जीते, सम्पन्न-सुविधाभोगी वर्ग का यह लेखन, ग़ज़ब है! देखिए जरा...

मख़मली एहसास था
शिखर सम्मान मेरे पास था
पर कुत्ता तक जानता नहीं था
कोई लेखक मानता नहीं था

वो तिचक्का साइकिल वाला
वो कोबलर बूट पॉलिश वाला
वो मोंगरी से कपड़ा धोने वाले
वो टेए हुए उस्तरे से दाढ़ी छीलने वाला
वो नहन्नी साफ़ करने वाले
वो ड्रायवर, वो रहगुज़र
सब सोचते
कोई हैं बड़े आदमी ज़रूर

कुछ आम आदमी की बात का दावा
ज्वालामुखी से आरोप का लावा
अक्सर चिंता उन्हें हमारी रहती है
ये उनकी किताबें कहती हैं
पर हैं कौन मैं जानता नहीं
हमारे ये बीच के हों मानता नहीं

नहीं मरहूम नहीं, मशहूर हैं
भले ही हम सड़क वालों से दूर हैं।

लेखकों पर प्रहार करते-करते कवि, सम्पादक पर भी चपत लगाता है।
ऐसे वक्त में जबकि 'सम्पादक' सिर्फ़ पदनाम रह गया है, उसकी सत्ता और महत्ता
नदारद है, वह व्यवस्था का अंग मात्र है, वह भी 'कॉर्पोरेट' जगत का... सम्पादक
की परिभाषा इससे बेहतर क्या हो सकती है...

आया देखो एडिटर आया

एक हाथ में क़लम दूजे में तलवार लाया
क़लम घिसी तारीफ़ में हुक़्मरानों की
तलवार चली काटने गर्दन ईमानों की

तोप मुक़ाबिल हो तो अख़बार निकालो के मुग़ालते को फुस्स करते ये शब्द, आश्चर्य कि स्वयं एक सम्पादक के हैं।

'बबूल के काँटे' में बस्तर है, हँसोड़ किक्कू भी, तो चंद प्रेम-कविताएँ भी... कैंडल मार्च की 'शोबाज़ी' पर टिप्पणी है तो समय के चाल-ढाल पर भी। कवि युवा है, आधुनिक जीवनशैली में ढल चुका है, किंतु उसका मन आज भी पुराने दौर में विचरता है। कहने को हम 'विश्व-ग्राम' के वासी हो चुके हैं किंतु ग्राम जैसा नैकट्य कहाँ है! एक निश्चित दूरी सबके मध्य बनी हुई है... ऐसे में याद आता है गाँव...

वहाँ...
हर रोज़ कहार-कहारन, लोहारन
बढ़इन, नाऊ-नाउन, बरौनी
सब मिलते थे
एक कुनबे में अनछुए चमार भी
माटी के फ्रिज़ बेचते कुम्हार भी
पूरा ब्रह्माण्ड
हथेली पर लिये
बताते धता, ठेंगा
गट्ठर-से लदे तनाव को
और...
अब कार है, सवार है
बहुसंस्कृति परिवारों का रेला है
टचस्क्रीन फोन, नीले पानी से भरे स्वीमिंग पूल भी
मगर नहीं वो आधा किलोमीटर में सिमटा संसार
अरे यार!

कवि गाँव को 'मिस' करता है... मतलब साफ़ है, उसके भीतर, अंदर कहीं एक गाँव अभी भी बसता है, शहरी छलावों से दूर। सम्भव है इसलिए ही वह 'सोच' की बात कर पाता है। धूल-आँधी भरी धुँधली दौड़ में भी वह देख

पाता है मनुष्यता की टेर... इसलिए वह जतन में है, जुगत में है... 'कवि कुछ ऐसी तान सुनाओ कि उथल-पुथल मच जाए', नामवर सिंह ने कहा है 'बीस-पच्चीस वर्ष पहले अच्छे गद्य के टुकड़े केवल कहानियों में मिलते थे, आज जीवंत गद्य के टुकड़े केवल कविताओं में मिल रहे हैं।' गद्य को कविता की कसौटी पर कसा जाता है तो गद्यकार के लिए अवश्य ही कविता कसौटी है। नामवर सिंह के कथन के आधार पर सखाजी को कसा जाए तो निःसंदेह कहा जा सकता है कि वे खरे उतर रहे हैं। उनकी कविता समय का कोलाज है, इनमें जीवंत गद्य-खण्ड हैं जो कविता की भाँति कोमल-कांत-पदावलियाँ नहीं, विचारोत्तेजक गद्य की भाँति कुछ सोचने-विचारने को विवश करती हैं... शुभकामनाएँ! कवि से आग्रह है कि वह गद्य-संसार में बेशक रमा रहे, किंतु कविता की खिड़की भी खुली रखे, प्रकाश की नन्ही कनी ओट में रक्खे हुए।

- डॉ. सुभद्रा राठौर

बी-81, वीआईपी इस्टेट खमारडीह

पोऑ- सड्डू. रायपुर.

9425525248

विजयादशमी,

30 सितम्बर -2017

हम सबकी कविताएँ...

मेरे अग्रज बरुण सखाजी के गद्य-कौशल, व्यंग्य-कौशल से तो वाक़िफ़ रहा हूँ, पर काव्य-कौशल से वास्ता ज़्यादा नहीं पड़ा... लेकिन सखाजी के इस काव्य-संकलन को देख लगता है कि जिस कथ्यगत गहराई को हम इनकी गद्य कृतियों में पाते हैं, वही इन कविताओं और क्षणिकाओं में भी मौजूद है। मसलन... इन कविताओं में भी विधा से ज़्यादा कथ्य पर ही जोर है; यही वजह है कि कई मर्तबा हमें कविताओं में भी गद्यात्मक होने का एहसाह होता है। बावजूद इसके कहीं भी अर्थगत, कथ्यगत् गम्भीरता से समझौता नहीं है, जो कहना चाहते हैं वो बख़ूबी कहा है। इस संकलन में प्रस्तुत कविताओं में इतनी विविधता है कि इन्हें किसी एक काव्य-प्रवृत्ति या वाद का कहना मुश्किल है। इनकी शैली नयी कविता से मेल खाने के बावजूद इन्हें नव काव्योत्तर श्रेणी में रखना होगा। इनमें कही बातें मौजूदा दौर के पाठकों के लिए भलीभाँति अनुभूत हैं...। कई कविताओं में अंतर्निहित छटपटाहट हममें से कइयों के दिल में उमड़-घुमड़ रही है, बस इन्हें सही शब्द सखाजी ने दे दिये हैं... इसलिए ये कहना सही होगा कि भले इस काव्य संकलन पर बरुणजी का नाम है पर ये हम सबकी कविताएँ हैं। कई कविताओं में व्यंग्य है, ट्रेजडी के लतीफ़े हैं... हास्य है लेकिन बावजूद इसके ये सवाल खड़े करने वाली कविताएँ हैं... कई मर्तबा ज़ेहन को तिलमिलाने वाली कविताएँ हैं...। ये उस व्यंजन की तरह हैं जो मुँह में रखते वक्त तो मधुर लगता है लेकिन अंदर पहुँचकर बेचैन कर देता है। पर पाठक उस बेचैनी में भी रस लेता है। कई कविताएँ अनायास लम्बी हैं और कुछ में पुनरुक्तियाँ हैं। फिर भी जब आप कविता पूरी पढ़ लेते हैं तो इनमें समाहित काव्यगत् दोष भी गुण जान पड़ते हैं। ये अलग हैं, अनूठी हैं... और कहीं-कहीं काव्य के मानकों के अनुरूप भी नहीं हैं, फिर भी ये जो हैं जैसी हैं, उस रूप में ही कविता के लक्ष्यों को साध लेती हैं...। किसी को ये सब इन कविताओं की कमियाँ लग सकती हैं पर मेरे हिसाब से यही 'बबूल के काँटे' की यूएसपी है।

—अंकुर जैन

'ये हौसला कैसे झुके' के युवतम लेखक

कवि की बात

मन में चल रही उथल-पुथल, दौड़-भाग, छीना-झपटी, आक्रोश, कड़वाहट, अध्यात्म, सकारात्मकता और नैराश्य को अगर एक ही बर्तन में मिलाकर बिलोड़ दिया जाए तो शायद 'बबूल के काँटे' बनेंगे। इन काटों को कविता कह देना साहित्यिक कक्षा में बिना मन के गुड मॉर्निंग कह देने जैसा होगा। न औपचारिकता है, न आतुरता, न लिक्खाड़, कवि इत्यादि के सम्बोधन। ये खाँटी काँटे हैं; चुभते हैं और चुभते हैं, इसके अलावा इनसे यह उम्मीद भर की जा सकती है कि अपने जैसे किसी चुभे हुए काँटे को निकाल सकते हैं। जिस रफ़्तार से मानव-सभ्यता दौड़ रही है वह बहुत अच्छी तो नहीं कही जा सकती। समय की इस चाल ने सबके मनों को बदल दिया या यूँ कहें कि वे अपने असल मन की सुनना भी नहीं चाहते। पैदा होने से मरने तक समझौतों का पहाड़ उनके सामने विकराल काल बनकर खड़ा होता है। वो उठा-पटक, उधेड़बुन, क्रांति, यलग़ारें कहीं समुचित ऊर्जा सप्लाई के अभाव में टिमटिमाती रह जाती हैं। ऐसे ही भावों की ज़ाहिरगी मेरी नज़र में ये काँटे हैं। इन काँटों को काँटे ही रहना भी चाहिए। पढ़ने से पूर्व एक एफ़िडेबिट ज़रूर दीजिए, कि पढ़ूँगा तो कुछ उद्वेलित ज़रूर होऊंगा। वह मात्रा कम या ज्यादा हो सकती है; मौन, मूक, मधुर नहीं रहूँगा। अन्यथा न पढ़ने का विकल्प चुनें। एक स्वीकारोक्ति करना चाहता हूँ। शुरूआत में इस संग्रह का नाम चमरौआ किल्लियाँ रखा गया था, किंतु अजीब-ग़रीब से क़ानूनी पचड़ों से बचने के लिए बदलकर यह शीर्षक उस भाव के इर्द-गिर्द जान पड़ा।

- बरुण सखाजी

'परलोक में सैटेलाइट' के बाद
अब 'लघुत्तम बबूल के काँटे' के साथ।

अनुक्रम

1. बुंदेली न्याय — 23

2. ज़िंदगी की चूँ-चर्र — 24

3. एक मज़दूर की आत्मा — 26

4. महिला दिवस क्यों है? — 30

5. कुर्सी चरित्रम्... — 33

6. दाना माँझी — 36

7. ज़िंदगी को कोई मुकम्मल उस्ताद चाहिए — 37

8. बस्तर में गोलियाँ क्यों गूँजती हैं? — 38

9. क़िस्मत के बख़्तरबंद में बैठा वो कायर ख़ुदा — 40

10. कुली की आत्मकथा — 41

11. आपातकाल की सालगिरह क्यों मनाएँ — 42

12. सलाम सबको — 43

13. मुतकी हैं गैलें — 44

14. ग़ालिबबाज़ी, फिज़ा ए शहर — 45

15. चौपाये की गुहार — 46

16. चारों तरफ मंदी है, फिर भी सही नोटबंदी है — 48

17. हँस मत रो भी मत — 50

18. मोम का दिया शाम का झुलमटा था — 52

19. आम आदमी की गुठली — 53

20. फाँसी किसे हो — 55

21. अकथ्यः कुछ कहा-कहा सा — 56

22. धरती बँट रही है — 57

23. ठीक किया हो गये लुप्त, हे राष्ट्रकवि गुप्त — 58

24. दिल खिलजी-सा खिल गया — 59

25. ये संवत्सर आपका हो   - 61

26. योग, रोग, भोग   - 62

27. डिज़ायर-ए-फ़ेम   - 63

28. वॉट एन आइडिया सर जी   - 64

29. भोर नयी चाहिए   - 65

30. हिंदुस्तानी ट्विटरिका   - 66

31. वक्त और कर्म   - 67

32. मोदीजी नमस्ते   - 68

33. 'विश्वास' पहले लोकअन्ना   - 69

34. त्रिया डे   - 70

35. कल और कल   - 71

36. ब्रह्माण्ड   - 72

37. हुक्मरानों का ख़ौफ़   - 73

38. जतन   - 74

39. हिंदी   - 75

40. मांसाहार मानवाधिकार   - 76

41. वक्त ये सफ़र...   - 77

42. दिग्विजय   - 78

43. ग़लती महज़ हमारी भी नहीं   - 79

44. क्या हुआ?   - 80

45. एक क़दम और   - 81

46. राजनीति की परिभाषा   - 82

47. ठाले-बैठे   - 83

48. मसाल हाथ   - 84

49. बेइल्मी   - 84

50. शायरी   - 85

51. जो लिखा सो लिखा... - 87

52. ग़ुलाम बनाओ - 88

53 आया एडिटर आया - 89

54. नौकरी - 90

55. बेआबरू - 91

56. आसमाँ को नाख़ुनों से खुरच - 92

57. पति की मुस्कान पर - 93

58. ख़ुद बदल जाओ - 94

59. नूर नासूर बन गया - 95

60. कम से कम बची तो है जान - 97

61. ख़ुशी-ख़ुशी ख़ुशी को अपना लिया - 98

62. वो थी मेरी ज़िंदगानी - 99

63. उठती है कसक... - 100

64. इज़हार-ए-ग़म - 101

65. गुलिश्ताँ ए शहर - 103

66. ऊब - 104

67. नो टाइटल - 105

68. जवाब न मिले पर सवाल कर - 107

69. इंस्टेंट शायर - 118

70. ऐ हसीन गुलाब के वालिद सुन! - 113

71. धोखा इन इश्क़ - 114

72. जयंती कूप गच्छम् नर्मदा - 115

73. अरपा तुम विनाशिनी बन जाओ - 118

74. हे राम! - 119

75. सर्वत्र हनुमान - 120

1. बुंदेली न्याय

जो बाखर में पीटा गया
वह छोटा, चमरौआ का मोड़ा था
जिसे रजपूतन ने जगह-जगह से तोड़ा था
चमरौआ ने ग़लती बड़ी करी थी
रजपूतन की मोड़ी उस पर मरी थी
चमरौआ ने दूसरी और ग़लती करी थी
अम्बेडकराई ख़ुद में कूट-कूट के भरी थी
कराहता चमरौआ खाट पर पड़ा था
बाप बाखर में पन्हैयें लिये मूड़ पर खड़ा था
मूँछ पर ताव देते पंच अकड़ रहे थे
ग़लतियों के सिरों को अपनी तरह से पकड़ रहे थे
चमरौआ को बोलने की मनाही थी
एक-एक करके सारे पीटने वालों की गवाही थी
पहला गवाह बोला, चमरौआ बढ़ गये
रजपूतन के मूड़ पे चढ़ गये
जब मार रहे थे क्षत्रिए तो ये जबान लड़ा रहा था
मेरी ग़लती नहीं कहकर गिड़गिड़ा रहा था
दूसरा बोला रजपूतन-सा इत्र लगाता है
हमारी बहुओं-बेटियों को भरमाता है
तीसरा, चौथा, पाँचवा बोला चमरौआ चुप खड़ा
एक हिस्से में बँटा था पूरा धड़ा
पंचों ने सुबूतों के आधार पर न्याय कर दिया
'ऑनर' की रक्षा के लिए रजपूतन को वीर
चमरौआ को चोर क़रार दिया

2. ज़िंदगी की चूं-चर्र

चू रहा है वक्त ज़िंदगी से टप-टप
किसी घड़ी की तरह टिक-टिक
कोई सोच पीछे दौड़ती थी कभी
अब रेंगती-सी रह गयी है कहीं
आशंका प्रबल है
आज नहीं तो कल है
सोच जीवन की ज़रूरतों से कोसों पीछे
छूट रही किसी सफ़र के दरख़्त-सी
पहले बहुत बड़ी और बड़ी
सफ़र से भी बड़ी
ज़िंदगियों के पाने से भी बड़ी
ज़िंदगियों की साँसों से भी बड़ी
बहुत बड़ी
बहुत बड़ी
फिर होती गयी छोटी और छोटी
अब धुँधलेपन में खोने को
कल जाने निशाँ भी रहे न रहे
सुबह की दातुन से सिरहाने सेलफोन रख सोने तक
मन की उजास से मटमैले, झीने, भीने, खुरदुरे होने तक
पल-पल काटता है
छटपटाहटों के सैलाब दरिया ए एम्बिशन में खोने तक
कामयाबियों की चादर सिल-बुनी नाकामयाबियों से
फिर भी सुकूँ ए दिल न मिला
ज़िंदगी की चूती हुई बूँदों से पैदा होती इल्लियों-सी निराशा
बचे वक्त से ताल बिठाने का ढाँढस बँधाती कोई दिलासा
तौल-तराज़ू, मोल-भाव करती कोई अभिलाषा
थी कभी जो फटी आँखों-सी, रौद्र रूपणा
अट्टहासों में खोयी, लक्ष्य को लपकती

दमकती, चमकती, चीत्कारती, पुकारती
ललकारती, साँड-सी डां करती
घोड़े-सी हिनहिनाती शक्तिमान ये ज़िंदगी
अब पड़ी है कोने में सिसकती
बिलखती, बचे वक्त के तागों को बटोरती
तेज़हीन, उपेक्षित,
मूलभूत ज़रूरतों के काँटों, कीलों, शूलों में छिदी
विदीर्ण, ज़ख़्मी, ख़ून से लथपथ
अब गयी कि कब
ज़िंदगी की चूँ-चर्र
कर रही घर्र-घर्र
मगर फिर भी
आशान्वित है
राह है
ज़िंदगी में अल्लाह है
सब कुछ सुभानल्लाह है

सरल :
डां - जब साँड लड़ने को तैयार होता है तब ऐसी ध्वनि
निकालता है।

3. एक मज़दूर की आत्मा

ये जो सफ़ेद स्वीमिंग पूल है

पूल समझने की तुम्हारी भूल है

इसे मैंने अपने ख़ून से रँगा है

तब कहीं ये इतना झकाझक है

तुम्हारी ज़िंदगी दौड़ रही है

लेकिन मुझे मौत खचोड़ रही है

ये दूधिया बल्ब

ये चमचमाती ट्यूबलाइटें

ये मेहराब-सा कोई बुलंद दरबाज़ा

बड़ा-सा गेट

अंदर क़ैद नीला गहरा तलछटी तक

पारदर्शी पानी

वो मुस्टण्ड डण्डधारी गार्ड

मेरी आत्मा को बाहर से ही भगा देते हैं

भटकता हूँ मैं जब रात को

कहते हुए इंसाफ़ की बात को

कभी ऑडी को तो कभी लैंड रोवर को

छूता, तलाशता इनके भीतर आदमियों को

बेरहम क़ातिलों से चेहरे वाले

तैरने आते हैं यहाँ

कभी वे भावुक हो इंसाँ भी बन जाते हैं

टिप जब मुस्टण्ड कोई गार्ड पाते हैं

मुझे इल्म नहीं था

मरकर भी जो सुकूँ न पाऊँगा

वो दिन याद तो होगा नहीं तुम्हें

बेशक नहीं होगा
मेरी मौत का दिन
जब ये पूल बन रहा था
तीसरी मंज़िल पर एक लौह पिंजर तन रहा था
मैं वहीं बिना सेफ्टी मेजर टँगा था
काम के रंग में रँगा था
दूर कहीं रायगढ़ के बीहड़ गाँव में
राखड़ की आग में जिंदल की छाँव में
मेरी दुधमुहीं कलेजे से माँ के चिपकी थी
बस चंद रुपये लेकर दूध की बोतल लेता
एक झगला, टोपी और
पौं-पौं बोलता कोई खिलौना भी
शाम होने को थी
काम होने को था
रुपया बँटने को था
मगर बदक़िस्मती से मेरा पैर फिसला
तिमंज़िला रायपुर के पूल से पत्थर पर जा गिरा
पौंद के बल
चकनाचूर हो गयीं हड्डियाँ
चंद मिनट भी न जिया
बस बन गया था एक मेहतर के लिए लाश
पुलिस के लिए अनसुलझा केस
आरोपियों की तलाश
ठेकेदार के लिए आपदा और अपशकुन
और पत्रकार दीपक तुम
तुम्हारे लिए एक ख़बर
इन जनाब के लिए एक कविता
मंच पर संवेदनाओं का ज़ख़ीरा लूटने की
मार्क्स, माओवाद-सा अंदर से टूटने की

दो साल से खोज रहा हूँ
मेरे हत्यारे को
जेब में कोई पहचान का काग़ज़ न था
पत्नी आज भी आस में है
अम्बेडर अस्पताल की मर्च्युरी में रहा
फिर दफ़्न हुआ
अब अकाल मरा हूँ तो ईश्वर भी आने नहीं देता
सो इस पूल के आसपास ही रहता हूँ
हर व्यक्ति से अपनी कहानी कहता हूँ
मगर न उनके पास कान हैं
न मेरे पास आवाज़
भूत बन बस यहीं बस रहा हूँ
कोई महसूस कर ले
मेरी उस दो साल की
सालों से नहाई नहीं बार्बी को बता दे
रायगढ़ स्टेशन पर खेलती वो
भीख माँगना-भीख माँगना
कोई बता दे उसे भी
मेरी राह में सिंदूरी माँग काढ़े
वो पर पुरुषों की जाँघ पर बैठी है
ज़िंदगी में दग्ध
मेरी बाट जोहती
दीपक तुम्हीं बता दो
तुम तो पत्रकार हो
मेरी शहादत ने तुम्हें
एक मज़दूर की मौत का एंकर शॉट दिया था
उसी का क़र्ज़ लौटा दो
किससे माँगूँ इंसाफ़
ठेकेदार

पुलिस

पत्रकार

या

कविराज तुमसे

ईश्वर ने ख़ुद ही रख छोड़ा है भूत-योनि में

भटकने को उम्र पूरी होने तक

(साल 2013 में रायपुर संस्कृत कॉलेज परिसर में
निर्माणाधीन भव्य अंतरराष्ट्रीय स्वीमिंग पूल की तीसरी
मंज़िल से गिरकर मृत एक मज़दूर की आत्मा से साक्षात्कार)

सरल :

इल्म- आभास, एहसास

4. महिला दिवस क्यों है?

दिवस क्यों?

दिन क्यों?

एक दिन श्रद्धा क्यों?

शहीद-सा कोई नमन क्यों?

क्यों आखिर क्यों?

बराबरी भी तो नारी के पैमानों पर क्यों नहीं?

पहले मन में, बुद्धि में

व्यवस्था में तो बाद में

दिनों में फुला दिया जाता है

किसी ग़ुब्बारे-सा

तुम देवी हो, महादेवी हो

चण्डी हो, सरस्वती हो

कंधे से कंधा मिलाकर चल सकती हो

अरे चल सकती हो क्यों?

चल तो सकती ही हो, क्षमतावान हो

किसी तरह से कम क्यों हैं?

पर तुम्हारे कंधे ही ऊँचे क्यों हैं?

जिनकी बराबरी से चलना ही बराबरी क्यों है?

सोचने की ज़रूरत दरअसल ये है

दहलीज़ से बाहर निकलना ही तुम्हारी आज़ादी क्यों है?

दग्ध धूप, तीर सी बूँदों और सिहरती हवाओं में

संग पुरुष के काम करना ही बराबरी क्यों है?

नग्न पुरुष के संग, नग्न छाती ही बराबरी क्यों है?

शारीरिक सौष्ठव, पुरुष-सी स्वच्छदता, दारू, शारू ही
बराबरी क्यों है?

चूल्हा, चौकी, बर्तन और चहारदीवारी तोड़ना ही बराबरी
क्यों है?

गृहणी कोई गाली-सी पेशेवर औरतों के मन में बिठायी क्यों

है ?

जो पुरुष करता है वही नारी करे तभी बराबरी क्यों है ?

कोई पुरुष क्यों नारी की बराबरी नहीं करता

घर के काम, बच्चों को तैयार, पोषणाहार,

साफ़-सुथरा घर-द्वार

चमकते चेहरे दमकती त्वचा

होम मेकिंग में तल्लीन

मातृत्व की सुंदर देवी

क्या हल लेकर खेत जोतना ही बराबरी है

बल लेकर कुश्तियों में पुरुषों को हराना ही बराबरी है

अगर है तो यह रेयरेस्ट ही रहेगा

मत करो, क्यों करती हो तुम बराबरी की बात

बराबरी का पैमाना पुरुष ही क्यों है ?

टॉम बॉय के दौर में

नारी बराबरी के शोर में

कई फ़िल्मों, किताबों, कहानियों में तुम्हें ये ही पढ़ाया है

चूते रक्त के दिनों में अस्पृश्या तुम क्यों हो ?

बस क्यों है हाईजीन से क्या कोई नाता नहीं ?

सोचती तो होगी मगर यही कि क्यों हो ?

तुम्हें लोग भी सोचवाते होंगे क्यों हो ?

क्योंकि असल में वे भी तुम्हें कमतर मानते हैं

इसीलिए बराबरी की बातें करते हैं

बराबरी क्या वो जो उन्होंने बनायी है

इक्वल-इक्वल

यह नहीं जो तुमने कुदरत से पायी है

घर को सजाने की ताक़त

घर को बनाने की ताक़त

घर को संस्कारों की ताक़त

आदम को आदमी बनाने की ताक़त

अपने रक्त को बहाकर भी सेहत की ताक़त

असीमित बच्चों को जन्मने की ताक़त

सृजन की ताक़त
निर्जन की ताक़त
पुरुषों को ख़ुद पर रिझा डालने की ताक़त
सौंदर्य के महासमुद्र-सी
यौवनाई की राज औ तख़्त पलटने की ताक़त
यौनिक आनंद में खोकर अध्यात्म को छूने की ताक़त
सरलता की ताक़त, नम्रता की ताक़त, ममत्व की ताक़त
कहो क्या ये सब निर्मम, निष्ठुर पुरुष में है?
नहीं क़तई नहीं
पैमाने तेरे, आज़माइश मेरी क्यों है?
परम्पराओं को देखते ही गोली मारने की सियासत-सी क्यों
है?
मौजूदा को बदल डालना ही नयापन क्यों है?
ये महिला-दिवस क्यों है ये महिला-दिवस क्यों है?

सरल :
पैमाना- नापना
आज़माइश- उपयोग, प्रयोग

5. कुर्सी चरित्रम्...

कुर्सी ताक़त है, तो कुर्सी कमज़ोरी भी है।

कुर्सी अदावत है तो यह नज़ाकत भी है।

कुर्सी कथा है तो यह नाटक भी है।

कुर्सी वक्त है तो यह बुरा वक्त भी है।

कुर्सी सपना है तो यह स्याह हक़ीक़त भी है।

कुर्सी विरासत है तो यह समरथ भी है।

कुर्सी कल है तो यह आज भी है।

कुर्सी कर्म है तो नसीब भी है।

कुर्सी अहम है तो उपेक्षित भी है।

कुर्सी नर्म है तो कुर्सी गर्म भी है।

कुर्सी के आगे अच्छे-अच्छे झुके हैं।

कुर्सी कमाल है।

कुर्सी के कई रूप हैं।

कुर्सी पर बैठकर नीचे चटाई पर बैठना भी कुर्सी का ही एक रूप है।

कुर्सी से उतरकर कुर्सी के लिए काम करना भी कुर्सी ही है।

कुर्सी जो है वह कुर्सी ही है।

उसके समकक्ष न टेबल है न स्टूल।

बनने को अपने मुँह मियाँ मिट्ठू बना करें।

टेबल अपना ओहदा ऊँचा माना करे,

स्टूल अपनी ज़रूरत जताता रहे,

मगर हैं सब कुर्सी के इर्द-गिर्द ही।

कुर्सी लालच है तो कुर्सी निरमोह भी है।

कुर्सी तेरे कितने चरित्र हैं,

कुर्सी तू क्यों इतनी सच्चरित्रा है, तू क्यों इतनी वेश्या है।

कुर्सी तेरी लीला तू ही जाने।

कितने नाचें, कितने आएँ, कितने जाएँ, कितनों को कितने ही श्रम करने पड़ जाएँ,

तुझ पर बैठे को नीचे उतारने में।

कुर्सी यूँ तो अभिमान है लेकिन अपमान भी है।

कुर्सी यूँ तो क्रोध है लेकिन विरोध भी है।

कुर्सी पर डटकर जो चिपक जाए, कुर्सी उसे ही आहार बना लेती है।

उसे निगल जाती है।

कहने को वह कुर्सी में समा जाता है लेकिन कुर्सी उसमें कभी नहीं समाती।

कुर्सी फिर नई तशरीफ़ों की तलाश में रहती है।

कुर्सी क़र्ज़ है, तो कुर्सी मर्ज़ भी है।

कुर्सी आफ़त है तो राहत भी है।

कुर्सी के लिए न जाने किस-किसने क्या न किया।

कुर्सी ने अपने पर चढ़ाकर किसको न दचका, किसको न गिराया, किसको न उठाया।

कुर्सी पर बैठकर न जाने कितने गौरवान्वित हुए,

कुर्सी पर बैठकर न जाने कितने अपमानित हुए।

कुर्सी ने रंग नहीं बदला।

कुर्सी ने चाल नहीं बदली।

कुर्सी ने चरित्र नहीं बदला।

अयोध्या में कुर्सी, राम की पादुकाएँ पाकर गौरवान्वित हुई, तो दिल्ली में भ्रष्टों के पिछवाड़ों से आहत रही।

अपानवायु से नाक सिकोड़ती, त्योरियाँ ताने, नथुनों से आग बरसाती-सी।

कुर्सी आँगन का एक ओटा भी है।

कुर्सी आँगन की एक टिपटी भी है।

कुर्सी राख का ढेर भी है तो कुर्सी कर्तव्यों की करताल भी है।

कुर्सी ख़ुद में कुछ नहीं लेकिन सबकुछ भी है।

कुर्सी तू ग़ज़ब है।

कुर्सी से निकले चार पायों में इतना अभिमान है कि वह नितम्बों को ज़मीन से मिलने नहीं देते।

हमेशा रखते हैं दूर, ऊपर, चार पायों पर कुछ इस तरह से

जैसे चलता है कोई मुर्दा चार काँधों पर।

कुर्सी पर बैठे बख़्तरबंद, दस्तरखानों पर भोजन करने वाले शाहों की भी नहीं है कुर्सी।

कुर्सी ग़ज़ब है।

कुर्सी ग़लतफ़हमी है तो कुर्सी हक़ीक़त भी।

कुर्सी जवाब है तो कुर्सी सवाल भी।

कुर्सी हाल तो कुर्सी चाल भी है।

कुर्सी यूँ न चलेगी अपने इशारों पर

कुर्सी यूँ न घूमेगी आपके सहारों पर।

कुर्सी पर बैठकर इठलाना, पतली डाल पर चढ़कर फल तोड़ने जैसा है।

टूटी तो धड़ाम न टूटी तो मीठा फल। पर गारण्टी कुछ भी नहीं।

स्थाई कुछ भी नहीं।

कुर्सी कल्पना है तो कुर्सी वास्तविकता भी है।

कुर्सी क़सम है तो कुर्सी वादाख़िलाफ़ी भी है।

कुर्सी दौड़ है तो कुर्सी ठहराव भी है।

कुर्सी क़लम है तो कुर्सी कलाम भी है।

कुर्सी किसी की नहीं, कुर्सी सबकी है।

कुर्सी पर कोई नहीं बैठ पाया, तो कुर्सी पर हर कोई चढ़ा हुआ है।

सरल :

अदावत- शत्रुता, वर्चस्व की लड़ाई

कलाम- वाणी, शब्द, वार्ता

6. दाना माँझी

जय हो दाना मांझी
तुमने देशभर के पत्रकारों, लिक्खाड़ों,
कवियों, चित्रकारों,
संगीतकारों, आक्रोश के अण्डे में समाये सियासी चूज़ों,
टीविया बहस और मुबाहिसों,
सरकारों, दलों, सोशल मीडियाओं
और भी न जाने कितने 'ओं' को दाना-पानी दे दिया।
मैंने भी आपका दाना-पानी खाया है,
इसलिए यह लिख रहा हूँ।
साथ में तुम्हें धन्यवाद भी दे रहा हूँ
कि तुमने कंधमाल के बाद से सोये
ओड़िसा को एक बार फिर से नेशनल फ्रेम में लाकर जड़
दिया।
शालीन, शांत, सरल नवीन अपनी पुरानी ही शैली में
राजनीति के रजत-पट-से खोये हुए हैं।
दाना मांझी तुम्हारी जय हो!

सरल :
मुबाहिस- बहस, तकरार

7. कोई मुकम्मल उस्ताद चाहिए

ज़िन्दगी को कोई मुकम्मल उस्ताद चाहिए
जैसे फलदार फ़सल को अच्छी खाद चाहिए
कब तक भटकते रहेंगे तसव्वुरों के बियाबान में
अब तो होना कोई नया ख़याल ईजाद चाहिए
जहाँ औ असबाब से गुफ़्तगू हो गयी बहुत,
न सिला मिला न सिलसिला हुआ
अब तो हर शेर पर इरशाद चाहिए
रूह जाने को है, जिस्म राह-ए-क़ब्र को
अब औ अभी हो फैसला, पहले न बाद चाहिए
जहाँ की ललचाती सै ने खूब भटकाया
अब न यूँ सिहराती, डराती, कोई याद चाहिए
नक़लीयत में मसरूफ़ जिन्हें रहना है रहें
मुझे अल्लाह से चिपकाती कोई गाद चाहिए
यूँ मुँह फुलाए बैठो हो क्या बरुण
बन्दगी करो उस हुनर के बादशाह की गर इम्दाद चाहिए।
अफ़ज़ल हो कि ख़याल ए खुद में मग़रूर रहा करो
गर आख़िरत के बज़्म औ बाज़ार की दाद चाहिए
ज़िन्दगी को कोई मुकम्मल उस्ताद चाहिए।

सरल :

मुकम्मल- समग्र
तसव्वुर- ख़याल, स्मृति
ईजाद- नया कुछ निकालना
असबाब- सामान, माल
गुफ़्तगू- बातचीत

इरशाद- वाहवाही
मशरूफ- व्यस्त
इम्दाद- सहयोग, मदद
अफजल- बेहतर, अच्छा
मगरूर- गर्वयुक्त व्यस्तता
अखिरत- अंत समय
बज्म- सभा

8. बस्तर में गोलियाँ क्यों गूँजती हैं?

ये कितने का है
भाईसाब चार हज़ार का
अरे ये बैल इतना महंगा क्यों है
भाईसाब ये बस्तर आर्ट है
आदिवासी कला का पार्ट है
इसे उसने लहू से सींचा है
सुर्ख़ अंगारों को हथेली में रख मुट्ठी को भींचा है
इसमें उसकी आत्मा है
ये बैल नहीं कला है
इसे लेने में
उस निरीह का भला है
तो मतलब जिसने इसे घिसा है
इसमें उसका भी कोई हिस्सा है
वह तो मालामाल हो गया होगा
हाँ, भाईसाब क्यों नहीं
उसकी कला, संस्कृति
जब आपके केबिन-कमरों में सजती है
तो उसके घर में तुरतुरी बजती है
इसलिए आप इसको लीजिए
मुझे चार हज़ार दीजिए
अरे वाह! आदिवासी इतना सम्पन्न हो गया
उसके घर धन-धान्य हो गया
हाँ भाईसाब
वह अब पत्ते नहीं कपड़े पहनता है
देसी रम के लिए ठाठ से महुए बीनता है
तब तो उसके हर हाथ रोज़गार होगा
इतने क़ीमती आर्ट से आँगन गुलज़ार होगा
बाँहें फैलाये अंतरराष्ट्रीय बाज़ार होगा

उसकी ज़बान पे सिर्फ़ सरकार सरकार होगा
बस्तर में तो फिर शांति की बयार बहनी थी
मेरी आत्मा मुझसे यही पूछती है
सब कुछ ठीक है तो वहाँ गोलियाँ क्यों गूँजती हैं

९. बख़्तरबंद में बैठा वो कायर ख़ुदा

क़िस्मतों की क़तार में
दुनिया खड़ी बाज़ार में
भरोसा लिये हाथ में
चल दिये हैं साथ में
अदब से झुके सिर
आ खड़े हैं यहाँ फिर
उन मूरतों के आगे
जो सोये न कभी जागे
बुत कौन, वे
जो क़िस्मतों के कारीगर हैं
या वे जो कर्मों के बाज़ीगर हैं
वक्त के सफहे में धुल गयीं ज़िन्दगियाँ
अरमानों की गठरियाँ
गुलफ़ामों की बजरियाँ
क़िस्मतों के क़ायलों में
बिछ गये कई घायलों में
मंदिरों में, मस्जिदों में
पूजनों में, सजदों में
है क़िस्मत के बख़्तरबंद में बैठा वो कायर ख़ुदा
बनाकर दुनिया को अपने से जुदा
या फिर ख़ुदा ने शायद
इसीलिए नाम-ए-किस्मत बनायी
मेहनतकश भी करती रहे इस नाकारे की खुदाई

सरल :
अदब- आदरपूर्वक; गुलफ़ाम- कोमल, नरम
बख़्तरबंद- अति सुरक्षित; मेहनतकश- परिश्रम

10. कुली की आत्मकथा

मैंने अपनी हड्डियों का चूरा बनाया है
तब कहीं आपका
अमेरिकन टूरिस्टर का बैग उठाया है
भीड़ को चीरकर आपको कोच तक पहुँचाया है
अगर इसे मेरी मनमानी कहो तो कहो
हमें तो कोई जानता भी नहीं
अगर
अमिताभ ने कुली का रोल निभाया न होता
सौ रुपये महज़ दो पचास-पचास किलो के बैग बहुत लगते
होंगे
मगर तुम जरा इनको टस से मस तो कर दिखाओ
फिर हमें सिखाओ
चीलगाड़ी में बीस किलो के ऊपर
पर केजी दोगे
मशीन के श्रम को श्रम मानते हो
मेरी हड्डियों का चूरा
कोई उड़ती धूल जानते हो

11. आपातकाल की सालगिरह क्यों मनाएँ

अभी कौन सी आज़ादी है,
जो आपातकाल की सालगिरह मनायी जाए
पहले यह बलात् स्वरूप में था
अब विनम्र रूप में है
पहले घोड़े की पूँछ के बाल से बनी रस्सियों से लोगों को
बाँधा गया था
अब रेशम की रस्सियाँ हैं
पहले इसका विरोध था
अब समझ ही नहीं आ रहा कहाँ दबाव है
पहले के आपातकाल की मलाई उस वक्त के लॉन्च नेता
आज भी खा रहे हैं
मीसाबंदी पहले लोहे की सलाखों के पीछे थे
अब सत्ता के पीछे भाग रहे हैं

12. सलाम सबको

ये आज़ादगी, ये परिन्दगी
आसमानों में उड़ती ज़िन्दगी
नसीब है जिनकी कुर्बानियों से
सलाम उन फ़रिश्तों को
लड़ाकों को
फाँसियों पर झूलती गर्दनों को
गोलियों से छलनी छातियों को
ज़ुल्म ओ सितम की ख़िलाफ़तों को
और उन्हें भी जो घुटने छिलवाकर
शरीक़ हो गये सेनानियों में
उन्हें भी जो अचकनों के पैरोकार बने
लाल गुलाब दे-देकर बँटी आज़ादी के सिरमौर बने
उन्हें भी जिनका चरखा चलता रहा
देश उल्लू बनता रहा
उन्हें भी जिन्होंने गुलामी को साथ भोगकर भी
आज़ादी को दो चश्मों से देखा
एक हिन्दू, दूसरा मुसलमान
दरिया ए हिन्द में डूब गये बाक़ी बचे इंसान
उन्हें ख़ासतौर से सलाम,
जिन्होंने बपौती मान लिया हिंदुस्तान को
वंशों की दुर्गति हुई फिर भी डटे हैं
और अंत में उन्हें भी
जिन्होंने आज़ादी का मतलब सरेआम गाली समझा
जेएनयू, रामजस और पिक्चर अभी बाक़ी है

सरल :

आज़ादगी- स्वतंत्रता; परिंदगी- स्वच्छंदता, आकाश में
बेपनाह उड़ना; ख़िलाफ़त- विरोध; पैरोकार- पक्षधर

13. मुतकी हैं गैलें

समज रैं जैसे,
गोझी में ललना खेलें
इत्ती भी नै पेलें
कै सड़कों पे चल हैं रेलें
उत्ती ही ठेलें
जित्ती हम झेलें
ओछी परन लगी हिंदुन की गोदी
अब नै चल है पोलो मोदी-मोदी
सुधर जाओ तुमई नई हो अकेलें
बोटरुन के जोरे मुतकी हैं गैलें

सरल :
गोझी- बच्चों का झूला; पेलें- ऊँची फेंकना, डींगें हाँकना
रेलें- ट्रेन; ठेलें- अपनी ही मनवाना, कुतर्क करना
झेलें- झेलना, पकड़ना; ओछी- छोटी, हिंदुन- हिंदुओं
पोलो- खोखला; बोटरुन- वोटर्स, मतदाता
जोरे- पास, क़रीब, नज़दीक; मुतकी- बहुत सारी, अनेक
गैलें- रास्ते, मार्ग, विकल्प

"

14. ग़ालिबबाज़ी, फ़िज़ा ए शहर

न जाने इस शहर की फ़िज़ा में घुला क्या है,
बस कुछ देर ही पत्ते सरसराते हैं
भँवरे उमड़ पाते हैं
फूल खिल पाते हैं
पेड़ मुस्कुराते हैं
फिर
कोई झोंका लपटों का
इंसान के कपटों का
आता है
तहस-नहस करके चला जाता है
न जुगनुओं का प्रकाश
न मशालें हाथ में हैं
यूँ ही कारवाँ चल रहा सदियों से
जुबानों पर पहरे
छातियों पर घाव गहरे
न इल्म है न एहतराम
समस्या बड़ी 'जबर' है
क्योंकि ऊँघती,
रेंगती,
घिसटती,
लड़खड़ाती
ये व्यवस्था अमर है

सरल :
फ़िज़ा मौसम, परिवेश
इल्म- आभास, एहसास
एहतराम- सम्मान, आदर

15. चौपाये की गुहार

चार टाँग का चौपाया हूँ
इंसानों का सताया हूँ
एक पूजता तिलक चंदन से
दूध निकाल भगा देता
दूजा रखकर काँधे पर जुआ जोतता दिन-रात
काली मूरत एक नगन-सी
दीखती थोड़ी भगवन-सी
रखकर सामने
लगाकर टीका
चढ़ाकर माल
उठाकर खड्ग
दो टूक
सिर इधर
बाक़ी उधर
गूँजती घंटियाँ
नारे, जयकार
बस हो गया भक्ति का भोंडा प्रदर्शन
मुँह खोलकर
जय-जय बोलकर
डूब गये आनंद में
जैसे काली सामने आ गयी देने दर्शन
बोल नहीं है मोल
सब कुछ गोल-गोल
एक कुर्बानी देता
मरता मैं, नाम वो ले लेता
कितना चालाक कितना धूर्त
सब कुछ करता धर्म-स्फूर्त
एक भगवान के नाम पर

दूजा ख़ुदा के नाम

मैं जब रूबरू होता

फूट-फूटकर इतना रोता

तब ख़ुदा ख़ुद हाथ फेरता मुझ पर

कहता असली कृपा रहेगी तुझ पर

तूने ही तो प्राणों का त्याग किया

जिन्होंने काटा जो बनने

वो उस त्यागी का एक क़तरा तलक नहीं बन पाएँगे

फाँसी पर लटकाये जाएँगे

जब वे यहाँ आएँगे।

(ज़रूरी सूचनाः धर्म के नाम पर बलि, हिंसा से अधिक कुछ
नहीं; इसे आस्था पर इरादतन ही चोट समझें)

16. फिर भी सही नोटबंदी है

मुस्कुराती है मंद-मंद मंदी
ग़ुलाम से खड़े हैं बाज़ार के बंदी
कोई फ़िक्रज़दा है दुकान को लेकर
किसी की पेशाब रुकी है मकान को लेकर
कोई मनके माला के सटका रहा भगवान को लेकर
धंधे मंदे, उद्योग सूने आख़िरत में कौन ख़ुदा बचाएगा
रोटी के लिए बस गोल-गोल घूमता रह जाएगा
पीटो तालियाँ, वाह-वाह का शोर भी हो
हुक्काम से प्यार हो तो उस पर अपना ज़ोर भी हो
यूँ नहीं कि उनकी ज़ुबाँ फरमान बनकर
कुचलते चलें किसी का अरमान बनकर
सवाल पूछना उससे भी हिमाक़त न समझ
जय-जय करने की अपनी आदत न समझ
बेतहाशा फूलता ये ग़ुब्बारा कभी तो फूटना है
बुने जज़्बातों के बाँध-ए-सैलाब को टूटना है
निर्माण, विनिमय, उपभोग के पतले तंतुओं से तना
चमकीली चादर से ढँका, महीन धागों से बुना
आख़िर टिक सकेगा कब तलक
वजन सह सकेगा कब तलक
इंतेहा तो होती है हर ज़र्रे की इस जहाँ में
तंतुओं पर सोयी पीठों में इतना बल कहाँ है
ढो सकें बोझा भागते-भागते घुड़-रेस का
स्वावलम्बन, आत्मकौशल की बुल-रेस का
ताश के पत्तों-सा गढ़ा कोई किला
कम ही होगा तूफ़ानों में जो न हिला
फ़रमान सुनकर हैरान हों तो हों
सवालों पर सवाल करो तो करो
कल ही तो फ़रमान ए गुलिस्ताँ आया होगा

निचले पायदानों को सबसे पहले हटाया होगा
लगानें भले ही गुज़रे दौर की बातें हुईं
नये दौर की लगामें इनसे भी तंग हैं कहीं
दौड़कर भावनाओं से गुस्सा ज़ाया होगा
मदद के लिए मन तो घबराया होगा
चलो बजाओ अब तालियाँ
न दो हुक्म को यूँ गालियाँ
साल हुए ढाई
बस इतनी-सी है कमाई
हथेली पर जमा कोई दही है
हाँ बिलकुल सही है सही है
मंद-मंद मुसकुराती मंदी है
फिर भी सौ टका सही नोटबंदी है

सरल :
फ़िक्रज़दा- चिंतित
आख़िरत- अंत समय, ख़ुदा का सामना
ज़र्रे- छोटे से भी छोटा, कण
फ़रमान- आदेश
गुलिश्ताँ- बाग़, उद्यान

17. हंस मत रो भी मत

मैं ख़ुश हूँ ये सोचकर कि कल नया साल है
पर दुःखी हूँ देखकर जो मेरा ये हाल है
कल परसों या कहूँ बरसों से रिक्शा खींचता हूँ
लहू से अपने परिवार को सींचता हूँ
बीच में कुछ शोर-सा सुनाई दिया था
कहीं किसी ने नोटों को बंद किया था
एक ने मेरे नाम पर
दूसरे ने भी मेरे नाम पर
और हँसी आ जाती है सोचकर कि
तीसरे ने भी मेरे नाम पर
जनधन, नोटबंदी से परेशान क़रार दिया
एक बोला बैंक में खाता खुलवाया है
दूसरे ने कहा नोटबंदी ने मुझ पर कहर ढाया है
पर यक़ीं मानना आप
मुझ पर न कभी कहर ढहा
न मुझ पर कभी बरसी हैं नेमतें
रिक्शा खींचता हूँ
मुट्ठियाँ भींचता हूँ
ख़ुद को आशाओं से सींचता हूँ
इन बातों के आस-पास
होता हूँ उदास
नया साल शायद कोई दौर होता होगा
कोई ख़याल होता होगा
पर यक़ीं मानना मेरे दोस्त
मेरे लिए स्साला बुध, गुरु में फ़र्क़ नहीं
तो ये साल कौन बला है
मैं तो रिक्शे पे चला हूँ, पला हूँ
और झूठी दुनिया को देख यहीं पर भला हूँ

इसलिए कहता हूँ हँस मत, रो भी मत
पढ़ आँसुओं की क़लम से लिखे ये ख़त

18. मोम का दिया

वह लिये हाथ में मोम के दिये
खोजता-सा कुछ चल पड़ा
चंद क़दम दूर नशे में चूर
धन्नू मिला
खोलकर मुँह, छोड़कर बास
लड़खड़ाता-सा बोला
क्या ढूँढ़ रहे हो बन्नू भाए
मुझे समझ न आए
स्ट्रीट लाइटें जगमगाएँ
फिर भी क्यों तू दिया जलाए
क्या फिर किसी कन्या को कोई भेड़िया सताए
तोड़कर ध्यान, लगाकर जान
बन्नू बोला
अरे धन्नू, ऐसा नहीं
खो गयी है मेरी सुई यहीं पर कहीं
बस उसे ही खोजता हूँ
धन्नू जोर से खाँसा
थोड़ा डोला, फिर बोला
बड़ा बदनाम हो गया
मोम का ये दिया
शोबाज़ों ने इसे जो हथिया लिया

19. आम आदमी की गुठली

एक रात मैं सो रहा था
सपनों में खो रहा था
मख़मली सा एहसास था
शिखर-सम्मान मेरे पास था
पर कुत्ता तक जानता नहीं था
कोई लेखक मानता नहीं था
नेम प्लेट पर भी लिख रखा था
मगर किसी को दिखता नहीं था
वो तिचक्का साइकिल वाला
वो कोबलर बूट पॉलिश वाला
वो मुँगरी से कपड़े धोने वाला
वो टेये हुए उस्तरे से दाढ़ी छीलने वाला
वो नहानी साफ करने वाला
वो ड्रायवर, वो रहगुज़र
सब सोचते
कोई हैं बड़े आदमी ज़रूर
मगर क्या ख़ाक हैं पता नहीं
कुछ किताबें-सी लिखते हैं
कभी टीवी पर भी चीखते हैं
कुछ आम आदमी की बात का दावा
ज्वालामुखी से आरोप का लावा
अक्सर चिंता उन्हें हमारी रहती है
ये उनकी किताबें कहती हैं
पर हैं कौन मैं जानता नहीं
हमारे ये बीच के हों मानता नहीं
पर न जाने कल से भीड़ है
खड़ी सामने सिस्टम की रीढ़ है
कैमरों का हुजूम है

शायद वो अब मरहूम हैं
पास जाकर देखा तो लगा
नहीं, मरहूम नहीं मशहूर हैं
भले ही हम सड़क वालों से दूर हैं
धुंध न पड़े कभी ये धुँधली
क्योंकि मैं ही हूँ तुम आमों की गुठली

सरल :
मरहूम- स्वर्गीय

20. फाँसी किसे हो

किसको हो फाँसी
उस याकूब को जिसने सीरियल बम ब्लास्ट
एक ही दिन में कर डाले
या
उस ओवैसी को जो नित नये
वैचारिक ब्लास्ट मुसलमानों के नाम पर कर रहा है
या
उसे, जिसकी जुबान फिसलने की 'साक्षी' है
या
उसे जो पवित्र भगवे से
निरंजना-सी हिंसा उगलती है
या
उसे जो मुअज़्ज़िन से इमाम बन अरबों की दौलत का
असामी बन बैठा
या
वो जो जब बोलता है
आग उगलता है यूपी में
या
वो जिन्होंने धर्म की सिगड़ी
सुलगा रक्खी है अयोध्या में
या
वो जिसकी कार के नीचे
कुत्ते का बच्चा भी आ जाए
तो उसे 'दर्द' होता है

सरल :
मुअज़्ज़िन- मस्जिद का सेवक

21. अकथ्य, कुछ कहा-कहा सा

वो लौटा रहे हैं सम्मान
किसी क्रांति की तरह
इन्हें आदत नहीं
नई जुराबों की
बदली हुई सरकारों की
बदले हुए नक़ाबों की
बात ठीक है
तर्क बहुत सटीक है
चतुष्पाये लोकतंत्र में
लेखक की हत्या शर्मनाक है
अत्याचार है, अनाचार है
मगर एक नज़र अपना गिरेबाँ तो देखो
न जाने कित्तों को कुचलकर
कितने नवोदितों का ख़ून पीकर
तुम बने हो मान के हक़दार
साहित्यकार
क्या वो हत्याएँ कोई सात ख़ून माफ़ हैं
स्थितियाँ न बहुत धुँधली हैं
न बहुत साफ़ हैं

सरल :
गिरेबाँ- स्वयं, अंतस

22. धरती बँट रही है

धरती इस क़दर बँट रही है
किसी केक-सी कट रही हैं
कभी टोपियों के नवरोज़
कभी तिलकों का जश्न
अब सलीबों का थर्टी फ़र्स्ट
तिलक बोला मैं नहीं तू मना
टोपी अलग जा खड़ा तना
सलीब साबित कर रहा
मैं ज़्यादा साइंटिफिक
तुम्हारे माफ़िक़
तिलक लेकर तर्क
कर रहा माथों में फ़र्क़
उधर कोई गला काट देता
मनाने पर ग़ैर इबादती
कैसे कहूँ हैप्पी न्यू इयर
जब सब बदल रहे
अपने अलग-अलग गियर।।

सरल :
नवरोज़- रोज़ के नौ पवित्र दिन

23. राष्ट्रकवि गुप्त

चारुचंद्र की चंचल किरणें खेलना चाहती थीं जल-थल में,
स्वच्छ चाँदनी बिछती अवनि और अम्बर तल में।
पुलक प्रकट करती धरती हरित तृणों की नोकों से,

काश झूमते तरु भी मन्द पवन के झोंकों से

पर दुर्भाग्य रचा तूने ऐसा मानव

खा गया तरु दल बनकर दानव

उगल रहा कालिख, धूम्र-विलोचन हुआ आकाश

खो चुका अब दिखने की कोई चारु चंद्र भी आस

मटमैले जल में कचरे से अटे थल पर

चन्द्र भी लिये मुँह टेढ़ा बैठा है मल पर

भुकड़कर लौट गयी चाँदनी अवनि और अम्बर तल से

बारिश हुई नहीं, सूखा था, जाने भूखे हैं हम कितने कल से

पुलक भटकती प्रकट होने को खोज रही कोई हरित तृण

मिले कहीं तो हो प्रकट, चुके राष्ट्रकवि का ऋण

कान दबाये, मुँह लटकाये,

नैन झुकाये खड़े हुए हैं बचे-खुचे वे तरुवर

आये कोई पवन का झोंका काली धूल, पराबैंगनी धूप,
कार्बनी हवाओं का संग पाकर

ठीक किया तुमने जो वक्त रहते हो गये लुप्त

अब कभी कविता में घुस भी न पाते हे राष्ट्रकवि गुप्त!

24. दिल ख़िल्जी-सा खिल गया

देखकर उस दिल-ए-नूर को दिल ख़िल्जी-सा खिल गया

सालों से थी तलाश जिसकी वो आज फिर मिल गया

कोई तांत्रिक चेतन राघव-सा भड़का रहा

कोई पद्मनी-सा दौलते ए 'जौहर' लुढ़का रहा

कोई गोरा-बादल-सी शूरता पर इतरा रहा

कोई फ़रेबी सजर बहादुर-सा कतरा रहा

बदनाम हुए वे राजपूतों की तरह उग्र बनकर

असभ्य, अशालीन खींचे छाती खड़े हैं तनकर

अपनी बात रखने का सलीक़ा जो न था

हर किसी के माथे पर टीका जो न था

वे फ़िल्म की रचना से स्याही उड़ेल गये

लिखा जो बीते कल के किन्हीं बरक़ों पर था

ख़ैर एक काम तो तुमने किया नज़ीर-सा

पिटते रहे, बचते रहे किसी शतरंजी वज़ीर-सा

पद्मावती से जो थे अब तक अनजान

'बरुण' वे खोज रहे यूट्यूब, गूगल, विकी पर ज्ञान

विवाद के बहाने ही सही, किसी ने ज़हमत तो उठायी

वरना तो शमशीरें यूँ ज़ंग खाती पड़ी थीं

मूँछें तो यूँ ही चाशनी में भीगी खड़ी थीं

घोड़ों की पीठें खुजलाती रहीं

प्यादों की तलवारें झुँझलाती रहीं

फाड़ने पोस्टर एक फ़िल्म का जो जौहर

रतनसेन की संतानों ने दिखलाया है

वह भी ख़ुद असल वीरता को मैन्युप्लेट कर फ़िल्माया है

वे बहादुर थे किन्हीं ख़िल्जियों के ख़िलाफ़

ये निपट चूतियापे के हैं चेहरे साफ़

वे इतिहास को भी बेचते रहे कभी बाजी राव की लगाकर

तो अब पद्मनी की असीम ब्यूटी का क़िस्सा दिखाकर

मचती रही कंट्रोवर्सी बचे शेष, तमाम में
भूलकर कि सब नंगे हैं इस हमाम में
फिर भी दिल ख़िल्जी-सा खिल पड़ा
कमसकम लोगों ने पद्मनी को ठीक से तो पढ़ा

चेतन राघव- चित्तौड़ के राजा रतनसेन के पूर्व राजपुरोहित, तांत्रिक जिन्हें राजा ने विद्या के दुरुपयोग के आरोप में देशनिकाला दे दिया था। माना जाता है कि चेतन ने ही ख़िल्जी को राजा रतनसेन की रानी पद्मनी की ख़ूबसूरती के बारे में बताया था। इसके बाद ख़िल्जी ने चित्तौड़ पर आक्रमण कर दिया।

जौहर-हार के हालात में राजमहल की रानियों द्वारा यौन-दासता से बचने के लिए किया जाने वाला पवित्र आत्मदाह।

गोरा-बादल- राजा रतनसेन के वे दो बहादुर सैनिक जिन्होंने ख़िल्जी की क़ैद से राजा को बाहर निकाला।

सजर बहादुर-ख़िल्जी का राजनीतिक, कूटनीतिक और रणनीतिक सलाहकार, जिसने ऐतिहासिक तथ्यों के विरेचन से प्राप्त तथ्य के अनुसार सम्भवतः मोहब्बत और जंग में सब कुछ जायज़ का जुमला गढ़ा।

राजपूत- राजपूतों का झण्डाबरदार बना संगठन करणीसेना के लिए प्रयुक्त। -यह किसी जाति विशेष के लिए नहीं है।

रतनसेन- पद्मनी के पति और चित्तौड़ के महाराजा।

बाजीराव- संजयलीला भंसाली की पुरानी विवादित फ़िल्म, जिसका महाराष्ट्र में विरोध हुआ था। इसमें भी ऐतिहासिक तथ्यों से छेड़छाड़ के आरोप लगाये गये थे।

चूतियापे- मूर्खताएँ

25. ये संवत्सर आपका हो

ये संवत्सर आपका हो।
अंत हर संताप का हो।
संकल्प उस आलाप का हो।
अंत गोलबंदी के श्राप का हो।
बँटे फैसलों की खाप का हो।
नवराष्ट्र का निर्माण हो।
आहुति तेरी-मेरी भी सप्रमाण हो।
जालीदार टोप भी हो।
केशों की दीर्घ चोटी भी।
समूल में आमूल हो।
विघटन की न भूल हो।
हर शहरी का प्रताप हो।
ये संवत्सर आपका हो।

26. योग, रोग, भोग

ऐसा बना योग
हर योगी को लगा रोग
गद्दियाँ मल रहे हैं
ख़्वाब यूँ पल रहे हैं
हो कि कोई लकीर
बदल दे तक़दीर
न रहें यूँ फ़क़ीर
ऐ काश! कि मिले ये भगवा का भोग
ज़रा देखना है कोई राजयोग

27. डिजायर ए फेम

ऐ दिल तू घबराना मत
न खोना हौसला अपना
पूरी होगी तेरी भी
डिजायर ए फेम ज़रूर
गर ज़ेहन में ज़िंदा है
हुनर ए गाली
कभी देश, सिस्टम, सरकार औ वज़ीर को
तेरे वालिद न सही शहीद, फ्रीडम फ़ाइटर
या किसी तालीमगाह के प्रोफ़ेसर
पर तुझमें बेवजह बुतों को
फोड़ने की आदत तो है
नज़ीरें इफ़रात हैं प्रेरणा के लिए
न सही वंशीधर, पर कन्हैया तो है

सरल :
ज़ेहन- दिमाग़
वालिद- पिता
तालीमगाह- विद्यालय, विश्वविद्यालय
नज़ीरें- उदाहरण

28. वॉट एन आइडिया सर जी

सुरा पर सरकारी सुर
नहीं रहेंगे कोचिया असुर
पूर्ण शराबबंदी
राजनैतिक फ़ैशन इन ट्रेंड
कम चुनावी संजीवनी,
अधिक आर्थिक नुक़सानदेह
तब क्यों यूज करे सरकार
इसी बार
जब नहीं है कड़ी तकरार
यूज़ करेंगे अगली बार
तब तक क्यों करें शराब पर प्रहार
गाँठकर शराबी कल्याण-विभाग
बनाकर चिन्गारी को आग
पूछते हैं अफ़सर जी
वॉट एन आइडिया सर जी!

29. भोर नई चाहिए

भोर नयी चाहिए,
शोर वही चाहिए,
कोई तो मुकम्मल बात हो,
अलसायी सुबह से अच्छी तो और लम्बी रात हो,
बेहतर है चीर दे छाती कोई नंगा ख़ंजर
यूँ नहीं कि शकर लगी छुरी से आघात हो

30. हिंदुस्तानी ट्विटरिका

जुबानों पर सल्तनतों ने सदियों से ताले जड़े हैं
पर अब तो मुस्कुराहटों पर भी पहरा लगाये खड़े हैं
किक्कू की गिरफ़्तारी हँसोड़ों के लिए जीवन-संकट रुदालियों
के लिए 'अच्छे दिन'।
जाने कब ऐसे, वैसे, तैसे, कैसे दिन आने वाले हैं
यहाँ तो हर ज़ुबाँ पर अलीगढ़िया सल्तनती ताले हैं।

31. वक्त और कर्म

सुबह धर्म की,
दोपहर कर्म की,
शाम मर्म की
और रात्रि कुकर्म की होती है।
संभवत, इसीलिए पुलिस, पत्रकार
और नेता नकारात्मक ज्यादा होते हैं,
क्योंकि इनके प्रोफेशन में रात ज्यादा,
दिन कम और सुबह-शाम बिल्कुल ही नहीं होते।
(यह विचार मित्र नितिन शर्मा की प्रेरणा की देन)

32. मोदीजी नमस्ते

मोदीजी नमस्ते
पेट्रोल-डीज़ल सस्ते
हम दिल्ली में नहीं बसते
आप तो चलो अपने रस्ते
अच्छे दिन नहीं इतने सस्ते
जो मिल जाएँ हँसते-हँसते

33. 'विश्वास' पहले लोकअन्ना

देश
प्रशांत
योगेंद्र
फिर दिल्ली को चकमा
उस पर 'विश्वास'
हाय अल्ला
अमानतुल्ला

सरल :
अमानतुल्ला- आम आदमी पार्टी के विधायक

34. त्रिया डे

काँच-सा मेरा चरित्र
लगे ज़रा-सी तो बिखर जाए
रहे संरक्षित तो निखर जाए
किंतु है बहुत साफ़-साफ़
या तो धवल या धूसरित
कोई कन्फ्यूजन नहीं
साफ़ तो काँच-सा उजला
पारदर्शी दूसरे छोर तक
नहीं तो त्रिया चरित
दिन दिवस बेमानी है
जब हर बार वही कहानी है
मैं कोई वस्तु नहीं
विलुप्त होती सिंहनी भी नहीं

35. कल और कल

मेरे पास दो कल हैं
एक
जो चेहरे पर मुस्कान लाता है
दूसरा
जो डराता है
इन दोनों के बीच एक आज भी है
जो मेरे हाथ में है
मेरे साथ में है
यही सूखकर एक कल बनता है
सूखे पत्तों-सा नर्म
बचपन को बिठाकर काँधे पर
यही आँच-सा दूसरा कल बनता है
लपटों-सा बीमा, बच्चा, म्यूचुअल, निवेश, घर,
कार, शिक्षा, शादी का गट्ठर लिये सिर पर

36. ब्रह्माण्ड

जितनी देर में मैं
अपार्टमेण्ट, कैम्पस और कॉलोनी छोड़कर बाहर नहीं आ
पाता
उतनी देर में पूरा गाँव नाप लिया करता था।
यहाँ नेमप्लेटों में क़ैद
शर्मा, वर्मा हफ़्तों में कहीं इक बार दिखते हैं
वहाँ,
हर रोज़ कहार-कहारन, लोहारन
बढ़इन, नाऊ-नाउन, बरौनी
सब मिलते थे।
एक कुनबे में अनछुए चमार भी
माटी के फ्रिज़ बेचते कुम्हार भी
पूरा ब्रह्माण्ड
हथेली पर लिये,
बताते धता, ठेंगा
गट्ठर-से लदे तनाव को
और
अब कार है, सवार है
बहुसंस्कृति परिवारों का रेला है
टचस्क्रीन फोन, नीले पानी से भरे स्वीमिंग पूल भी
मगर नहीं वो आधा किलोमीटर में सिमटा संसार।
अरे यार!

37. हुक्मरानों का ख़ौफ़

वह कौन था
जो अभी तक मौन था
अचानक मुखर हो चीख़ने लगा
हर गली और रैलियों में दीखने लगा
बाँधकर हाथ जो वोट देता था
मरकज़ी हुक्मों को खोट देता था
आज कितना काज है इसको
हाथ में लिये मोमबत्ती नाज़ है इसको
गड़ रहा आँख में कोई कचरा-सा
विद्रोही क्यों है आदमी बेचारा सा।
यही तो ख़ौफ़ है
अफ़सरानो औ हुक्मरानों का
क्या किया जाए उठ रही उंगलियों का
फड़फड़ा रही ज़बानों का।

सरल :

हुक्मरान- शासक
मरकज़ी- केंद्रीय

38. जतन

रत्न, पुरस्कारों के लिए जब लिक्खेंगे
तब नतीजे कैसे दिक्खेंगे
जतन भारत रतन का
क़लम से आग नहीं उगल सकता
ख़ून तो खौल जाता मगर
अंगारा तो कोई ज़ुबाँ से निकल पाता

39. हिंदी

हिंद की हद से अनंत तक हिंदी
बोलियों का कोलाज
भाषाओं का ताज हिंदी
रोज़ की रोटी, रोज़े का इफ़्तार हिंदी
बीती का विमर्श आज का विचार हिंदी
गूँजती गगन तक
उत्थान से दमन तक
हिंदी-हिंदी-हिंदी
बस अपने ही देश में
अँग्रेजों के भेस में
नहीं चमकती ललाट पर बिंदी
सुप्रीम कोर्ट में है मुहताज हिंदी।

40. मांसाहार मानवाधिकार

इंसानों का लाल आहार
ये कैसा मानवाधिकार
क्या पशुओं का जीवन है बेकार
ये मानवाधिकर है
या
मानव धिक्कार!

41. वक़्त ये सफ़र...

दिलअज़ीज़ को ये बात भाती नहीं
केकड़े, बिच्छू, ततैया भी शरमा जाएँगे
इस क़दर चुग़ली-सा सरीसृप हो चला ये कारवाँ
रोज़ रोटी की धुन

क्या दिवाली, क्या फागुन

इल्म न हो तो भीतर झाँककर देख ले

कितनी बेक़द्री ज़िन्दगी तेरे लिए

कितनी मुरव्वत है चार पैसों की कोठागोई-सी

इस फ़क़त

कमबख़्त

नौकरी के लिए

सरल :

दिलअज़ीज़- हृदय का प्यारा

कमबख़्त- अभागा, दुर्भाग्य

42. दिग्विजय

मैं शादी के लिए यूँ नहीं हाँ कह रहा हूँ।
एक मासूम बिन माँ के बच्चे को माँ दे रहा हूँ।
वरना सत्तर में सार खोजता
पूरी ज़िन्दगी की मार खोजता
अमृत मिलेगा जीवन को 'अमृता' से
यूँ 'किसी' भी मोर्चे पर न हारने वाले 'दिग्विजय' हम ताउम्र
रहेंगे।

43. ग़लती महज़ हमारी भी नहीं

बस वे तो करते हैं, कहते कहाँ कुछ हैं
वक्त को बस्तर में पकड़कर रखा है
सदियों से आगे बढ़ता ही नहीं
थामे रखा है, छाल, वल्कल, वृक्ष-लताओं में
उलझाये रखा है काँटे, पत्थर शाल के वनों में
इंसां निकलता ही नहीं बाहर अपनी आदमता से
वजह नल, नहर, रास्ता या हो रोज़गार
मगर ग़लती महज़ हमारी भी नहीं

44. क्या हुआ?

एक नौकर, अदना-सा ऑफ़िस आया
ठहरा, ठिठका, झुका, घबराया
खराब मिज़ाज रहा बदन टूटता-सा
मगर बताया नहीं जनाब को ज़रा-सा
... फोन किया था सर मगर आपने उठाया नहीं
कहाँ थी हिम्मत कि बोल दे सच-सच यहीं
अदना-सा नाइंसाफ़ी के लिए बेस्ट कंटेंट
ख़ुद से डरा गर बच गया तो मार डालेगी ग़रीबी फिर
तो बस चुप सस्पेंशन हाथ में लिए सात दिनों का
बैठा रह गया लाइब्रेरी।

45. एक क़दम और

एक क़दम और अवसान को चला
ज़िन्दगी की गलियों से कई अरमान ले चला
कहीं ठिठका तो कहीं ठिठका दिया गया,
कभी व्यवस्था ने बाँधा कभी व्यवस्था को बाँधा
कभी सियासत ने साधा कभी सियासत को साधा
काम पूरा हुआ नहीं फिर भी आगे मैं चला,
एक क़दम और अवसान को चला
कारवाँ ये कभी रुकने न दो
चलो! चलो! चलो!

46. राजनीति की परिभाषा

दो पक्षों को लड़ाना
किसी एक को जिताना
फिर उसे भी दे देना झाँसा
ये ही है राजनीति की परिभाषा

47. ठाले-बैठे

आसाराम, रामपाल, राम रहीम
भारत के तीन रतन
जिन्हें बचाने को हो रहा जतन
कौन भक्त जो इस पर न ऐंठे
चलो लिखते हैं ठाले-बैठे
खोल रखी है सरकार ने गोदी
बोलो मोदी! मोदी! मोदी!

48. मसाल हाथ

लेकर मसाल हाथ में,
चिन्गारियों का ख़याल साथ में,
भींचकर मुट्ठियाँ मैं रावण खोजता हूँ।
रिमझिम-सा बूँदों से बना
इल्ज़ामों का सावन खोजता हूँ।

सरल :
इलज़ाम- आरोप

49. बेइल्मी

इधर तड़पता है अहले दिल उस ताबीर के लिए
उधर वो बेइल्म बने हैं दुनियावी जागीर के लिए

50. शायरी

हम गूदे जा रहे हैं क़ागज़ उनकी शायरी में
वे टस से मस नहीं होते अपनी बिरादरी से

हाल ए तबीयत
पूछते हैं हाल ए तबीयत बड़े अनजान बनकर
बेक़द्री की हद का बुत-सा कोई पैगाम बनकर

अल्फ़ाज़ उर्दू के
लुढ़का डाली पूरी दबात उनकी शायरी में
वे समझते ही नहीं थे अल्फ़ाज़ उर्दू के

धारों से मुक़ाबला
दायरों में ज़िन्दगी को कुर्बान न कर
क्या किनारों पर बैठा दुबका हुआ
तैरना है तो धारों से मुक़ाबला कर

यायावर
अहले दिल को पिघला के रक्ख
आते-जाते सबसे मिला के रक्ख
दुनिया दोस्त हो ऐसा बना के रक्ख
यायावर है तू सबको जना के रक्ख

श्रेय
जाने किस बात का धन्यवाद बटोरती रहती है ज़िन्दगी
कितनी ख़ुदग़र्ज़ी में मसरूफ रहती है ज़िन्दगी
होते जाते हैं काम कर्तव्य किसी ख़ुदा की नेमत से
फिर भी श्रेयों को पसो-पसो उड़ेलती रहती है ज़िन्दगी

शिवांगी
अध्यात्म-सा निर्जन हो
घनीभूत प्रेम का वन हो
मेरा मन हो
तुम जीवन हो

51. जो लिखा सो लिखा...

है हुक्म तेरा बड़ा, हुकूमत है तेरी
तो क्या वजूदों को ख़त्म करने की हिमाक़त है तेरी.
मुहरा हूँ बेशक बहुत छोटा-सा,
मगर मेरी चूलें न हिला पाने की ताक़त है तेरी.

सरल :
वजूद- अस्तित्व

52. ग़ुलाम बनाओ

तन रहा तनाव, खिंच रहा ताव
नासूर बनकर पक रहा घाव
हुकूमतें कह रहीं उद्योग लगाओ
ग़रीबी भगाओ, लोगों को ग़ुलाम बनाओ

५३ आया एडिटर आया

आया देखो आया एडिटर आया
एक हाथ में क़लम दूजे में तलवार लाया
क़लम घिसी तारीफ़ में हुक्मरानों की,
तलवार चली काटने गर्दन ईमानों की

54. नौकरी

कंगूरे तेरे क़िले का बनकर मुझे इतराना नहीं
मोनालिसा की चित्रकारी बन ख़ुद को लटकाना नहीं
कहीं खुशबुएँ बिखेरते फ़्लॉवर पॉट जैसे जीवन क्या
मुस्तैद खड़े रह जाओ किसी की अगवानी में
इस क़दर झुक-झुककर सलाम करना नहीं
कि कमर झुके तो भी लोगों को सलामी लगे

55. बेआबरू

कहते हैं अहले ख़ुदा के सिवाय कोई दर न चूमूँगा
मगर कमबख़्त आदत इनकी बहुत बेआबरू है

उसने किर्चा-किर्चा किये हैं हर आईने
जिसने भी उसे दिखाने की कोशिश की

(जेएलएफ को कॉर्पोरेट बताकर पीएलएफ़। हँसी आती है
बाँटने वालों ने जो बाँटा सो बाँटा, जोड़ने के नाम पर जो
बाँट रहे उसका क्या हिसाब?)

56. आसमाँ को नाख़ुनों से खुरच

उदधि को हथेली में ले के चल
आसमाँ को नाख़ुनों से खुरचता चल
मुड़कर देख किसने तुझे रोका था
असीम ताक़त है तू
सबसे बड़ी हिमाक़त है तू
कर न ख़ुदा-औ-ख़ुदा पर शक ओ सुब्ह
दुनिया की ज़लील मूरत है तू

सरल
ज़लील- पूज्य, प्रतिष्ठित
सुब्ह- आशंका

57. पति की मुस्कान पर

हँसते हुए पति को देख नार मुस्कायी
तनखा तेरी बढ़ी नहीं, मुस्कान कहाँ से आयी
जा मुस्कान कहाँ से आयी, पूछे नार मुँह बिचकाय
आज हँसे तो हँसे भले, आगे अब न हँसी आए
आए हँसी ते मोहि नौलखा ले आए
नै तो सैलेरी स्लिप मोहि मेल कर दी जाए
जान सकूँ तेरी आय, जैसो तू मुस्कुराए
पति हतो सो मौन भयो नै रोयो नै हँसो
जाने चेहरा को जो भाव का कहलाए।

58. ख़ुद बदल जाओ

मज़म्मत नहीं है मिरी नये साल से कोई
इतना नावाक़िफ़ भी नहीं तेरे हाल से कोई
देखा था नाच हमने अहले बिताये साल का भी
दारू, शारू, मुर्ग़ा, पार्टी, फिर औंधे हाल का भी
बदलने दो ऐसे सालों को
साले फिर आएँगे अगले साल
न बदलते बन रही गर ज़िन्दगी तो
क्या ख़ाक सत्रह से अठारह हुए
या कल अड़सठ भी हो जाओ
बदलने पर ही बरुण यलगार है तो
ख़ुद बदल जाओ, बदल जाओ

59. नूर नासूर बन गया

लड़कियों का नूर नासूर बन गया

हर दफ़्तरान का दस्तूर बन गया

काम आता नहीं, मेल चेक करना तक

क़तार में हैं बॉस से अदने चाकर तक

सैलरी उठाती इन बालाओं का सुरूर बन गया

हर दफ़्तरान का दस्तूर बन गया

टाइम जो जी में आया आ गयीं

लंच हुआ तो पेल-पेल के खा गयीं

आँसुओं को कह ही रखा है

लगे तुम्हें ज़रा भी ठेस चले आना

चश्मे से झाँकती आँखों का गुरूर बन गया

हर दफ़्तरान का दस्तूर बन गया

लिपस्टिक्स, लाली, गुलाली, फ़ाउण्डेशन

चूड़ी कंगन, बेंदी, वॉव, सरप्राइज में मुँह खुला

शैम्पू, साड़ी, चप्पल, रंग, रोगन

परफ़्यूम-सा बातों में घुला

काम कहाँ किसे करना है

बॉस टेम्परेरी झूठा ही सही हुज़ूर बन गया

हर दफ़्तरान का दस्तूर बन गया

ख़ैर है सरकारी जहाँ यह तो नहीं हैं

मगर स्वेटर न जाने कितनी बुनी हैं

ऊन के भाव बैठ वित्त विभाग में बताएँ

डण्डे के पीले कलर पर पुलिस में आपत्ति जताएँ

लाल कर दो प्यार होगा,

काम होगा, मुजरिमों का दीदार होगा
वुमन हरासमेण्ट सेल में सुबकना ज़रूर बन गया
हर दफ़्तरान का यह दस्तूर बन गया

सरल :
नूर- चमक
नासूर- उपचारहीन रोग
सुरूर- हलका नशा

60. कम से कम बची तो है जान

संसार के जंगल में रोज़ जाती है वो
गठरी मजबूरियों की भर-भर लाती है वो
चूल्हा धधकता तभी है पेट का
चुन-चुन बूँद किसी तरह बुझाती है वो
ओहदे, चेहरे, नाम, धर्म सबने कहा
चंद दिनों का और मुफ़लिसी का जीवन रहा
पर, मगर, सदियाँ बीत गयीं सुनते-सुनते यही
अब तो बात बस उसके नहीं रही
बसें तो नहीं पर बस्तर पहुँचे लक्कड़-लोहा,
मिट्टी, गिट्टी, रेती, पानी, हवा,
पत्ते, पौधे, यहाँ तक कि ज़िन्दगियों के चोर
मैना, कोयल, कूक, शाल, बीज
दशहरा, सल्फी, शहद और मूसली भी
छोड़ हटरी उसकी बिक रही देश में चारों ओर
सियासत आती कहने मत रखो फूल पर
दुनियावी नाइंसाफ़ियाँ भूलकर
बादशाह रहनुमा है तुम्हारा
क्या नहीं जानते यह एहसान हमारा
छोड़ दो संस्कृति, संसार, मनाओ ख़ैर कि
कम से कम बची तो है जान...

61. ख़ुशी-ख़ुशी खुशी को अपना लिया

ख़ुशी-ख़ुशी ख़ुशी को अपना लिया
दफ़्न कर ग़मों को झुठला दिया
क़ब्र में मगर भूल गया नमक डालना
लौटकर भुतहा-सा रूह ने कँपा दिया
दफ़्न ग़मों का पिंजर न गल सका
अक़्ल में फिर-फिर वह आ खड़ा
महफ़ूज नहीं इन ख़ुशियों के बीच भी
अफ़सोस फिर भी ख़ुश नहीं ताउम्र
अटपटा लगे तो न कहना
यह दस्तूर ए जहाँ है
चाहो ख़ुशी तो मिलती है वो ज़रूर
पर मगर ग़मों की चादर में लिपटी हुई
अस न बस खोलोगे ख़ुशी फिर भी ग़मों को उकेरकर।

62. वो थी मेरी ज़िन्दगानी

ज़ेहन में घुली मीठी ख़ुशबू-सी वो महक रही थी,

चंदा की चाँदनी-सी घुप रात में भी दहक रही थी,

कभी अपने जिया से पिया का पता पूछ रही थी,

तो कभी ख़ुद के बुने सवाल को बूझ रही थी,

कंधे पे धरकर हाथ उसके किसी ने कहा, क्या हुआ?

मचल-सी गयी वो खोयी किसी ज़माने में और बोली,

निकली थी ढूँढ़ने उसे जिसने तार, सितार छूकर मेरे दिल के,

जीना सिखा दिया, मगर पत्थरदिल न जाने कहाँ गया।

ठिठककर वो भी रुक ही गया जो ढाँढ़स बँधाने आया था,

गोरी के गालों से ढलकते आँसुओं में उभरती ख़ुद की तस्वीरों में खो गया,

वो ग़मों की पोटली थी दरअसल उसे समझा न सका,

धर उलटे पैर सर, वो सरपट चला,

क़यामत नहीं थी वो थी मेरी ज़िन्दगानी

63. उठती है कसक...

उठती है कसक कभी पीर बनकर ।

उतर आती है आँखों में नीर बनकर।

बह रहा हूँ पानी-सा नालों में,

कभी पीले कीचड़ से हालों में,

तो कभी महबूब के गालों में,

झूल रहा हूँ अमुवा की डालों में,

तो कभी कहते-कहते रुके सवालों में।

तय नहीं हुआ फिर भी वो सफ़र राहगीर बनकर...उठती है

कसक, कभी पीर बनकर

हुस्न ए दीदार को झकझोर-सी भोर लिये,

मन में आँसुओं के दरिया बादल से नाचते मोर लिये,

भटक रहा हूँ गरजती बिजलियाँ, घटाएँ घनघोर लिये,

तरस रहा हूँ पीने को पानी समुद्र चहुँओर लिये,

बैठकर निर्जन में व्यग्र हूँ, मन का भयंकर शोर लिये,

लौट रहा हूँ, जन्नत में ख़ुद की विफल तक़दीर

बनकर... उठती है कसक, कभी पीर बनकर

64. इज़हार ए ग़म

ग़म में पीना हमें नहीं आता......

हमें बताना नहीं आता

ग़म के साथ ए हसीना हमें जीना नहीं आता

मोहब्बत तो हम भी करते हैं,

मगर ठुकराये इज़हार पर पीना हमें नहीं आता

मयख़ाने की शिरकत हम अक्सर किया करते हैं,

मगर वस्ल ए इंतज़ार में आँखें भिगाना हमें नहीं आता

कॉलेज के गेट पर हो खड़े,

राह तेरी तकता ज़रूर हूँ, मगर क्या करूँ

दिल को एक जगह टिकाना हमें नहीं आता

दुनिया के हुज़ूर से कहना ज़रूर,

बुर्क़े के भीतर छुपे

बदन पर इतराना हमें नहीं भाता

कनखियों से सुरमायी आँखें कहर ढाती तो हैं

मगर पसंद इस तरह किसी को

बहकाना हमें नहीं आता

सुर्ख़ आफ़ताब से गालों पर लेकर डिम्पल हँसना हसीना

तुम्हें पाने की मशक़्क़त में पसीना बहाना हमें नहीं आता

होंगी राजा भोज की भोपाली झील तेरी नीली आँखें

मगर इन आँखों की चाह में आँसू बहाना हमें नहीं आता

गुलाबी बाग़ की हसरतें हैं,

तेरे होठों की तरह फड़फ़ड़ाने की

मगर असल में वस्ल की चाह में

सब कुछ लुटाना हमें नहीं आता

चले जाओगे ज़िन्दगी से क्या समझते हो
ख़ुदा की नेमत 'जान' इस तरह गँवाना हमें नहीं आता
एक बात तुमसे कहे देता हूँ,
मेरी 'जान' मेरे बदन में नहीं ,
बसती है तुममें बताना हमें नहीं आता

65. गुलिस्ताँ ए शहर

वो घूमते हैं गुल्सितानों में तितलियों, फूलों के दीदार को
या ख़ुदा जाने क्यों भूले बैठे हैं अपने ही दिलदार को
इल्म नहीं उनको ख़ुद के ख़ुद होने का
तितलियों-सा मचलने का, फूलों-सा खिलने का
बख़्श दी आज जो उन्होंने अपनी डीपी पर चिपकायी तस्वीर
है कि कल वे किसी नये हुकुम के साथ हाज़िर हों
जिगर ऐ दोस्त अक़्सर 'बरुण' तुम्हें झकझोरते हैं
क्यूँ जनाब भरे आफ़ताब की रौशनी में भी सोते हैं
दी मिलाकर लात उसने कमर, कूल्हों पर
चढ़ रही थी शायरी इश्क़ के उसूलों पर
इल्म इफ़रात मौजूँ हो आया
कोई ख़्वाब नींदों में ज्यों चला आया
कहते हैं वो तेरे मीठेपन की हद है
क्योंकि वो ख़ुद शहद हैं

66. ऊब

ये जवानों की सियासत।
ये मंदिरों की राजनीति।
ये ग़रीबों की पॉलिटिक्स।
ये नौकरी की मुक़द्दमी।
ये डेवलपमेंट की ढोलबजाई।
ये बाज़ार की बढ़तें।
ये दुनिया के दौरे।
ये चुनावों की चकल्लस।
ये बयानों की कर्कश।
ऊब होती है अब तो...

67. नो टाइटल

बड़ा बेक़ाबू होकर मचल रहा है मन
फ़ौलादी होकर भी पिघल रहा है मन
अतीत की ख़ुशबू-सा घुल रहा है मन
अपने ही भीतर से फिर-फिर मिल रहा है मन
हिम की शिलाओं पर भी जल रहा है मन
बार-बार यादों की सैर पर चल रहा है मन
बिटिया-सा ब्याहा,

काला स्याहा

शायद हो चला है मन

रोटी में, रोज़ी में

दुनियादारी की 1 गोझी में

बेहोश-सा हो चला है जीवन

शायद...

शायद क्यों, यक़ीनन

नाव, नदी, खेत, 2 खलिहान, खेल,

भाई, बहन, गाँव, मियार, 3 गैल,

4 ढोर, 5 बछेरु, 6 काँदी, 7 कोतर,

8 कंडे, सिगड़ी, आँगन, गोबर,

नाला, 9 गल्ला, गठरी, लकड़ी, चूल्हा

बहता है ख़ून में कुछ विस्मृत कुछ भूला

मारता है मन 10 पेंगें मियार में पड़े झूले पर

अँगूठे से अगली 11 मियार को छू लें गर

पर लटक गया तन, बदन और मन

नौकरियों में आटे-सा सनकर ये जीवन

सरल

1. बच्चों के लिए माँ की साड़ी बाँधकर बनाया गया झूला

2. खेत से फ़सल काटकर लेकर रखने का बाड़ा

3. रास्ता

4. मवेशी, गाय, भैंस, बैल, पशु

5. गाय, भैंस के बच्चे

6. छोटा हरा चारा

7. घासफूस

8. गोबर के सूखे उपले, जलाऊ पदार्थ

9. अनाज

10. झूले में स्पीड के लिए यूज पैर का रनअप

11. घर को साधने वाली आड़ी लकड़ी, बीम

68. जवाब न मिले पर सवाल कर

सवाल को ज़िन्दा रक्ख
सवालों को न दफ़्न कर
जवाब मिले न मिले सवाल कर
है मुमकिन कि कल तू न रहे
पर मुमकिन ये भी है कि वो न रहे
सवाल नंगे सही पर नुकीले रहें
ख़्वाहिशें ही हैं जो तुझे जिलाती हैं
ज़िन्दगी का आबे ज़मज़म पिलाती हैं
तब क्यों न शहर ए ख्वाहिश को फिर आबाद कर
अभी इसी वक्त कर, न कल कह न बाद कर
'बरुण' ज़िन्दगी में दुश्वारियाँ हैं बहुत
यह ख़ुद भी एक सवाल है
यह ख़ुद भी एक जवाब है।

69. इंस्टेंट शायर

भोथरी न पड़ जाएँ शमशीर जहाँपनाहों की
इसलिए बक़रीदों पर गर्दनें काटते हैं बेगुनाहों की

कित्ती मंदी थी वो जिन्दगी। जी तो ज़्यादा लेते थे।
अब दौड़ती है वक्त को चप-चप खाते हुए।

* * *

वो इस क़दर दूर जाने लगे हैं
जैसे हमें चाहने लगे हैं

* * *

क़लम घिसता रहा

घाव रिसता रहा

दो पाटों में पिसता रहा

एक तरफ़ वो साँवरे थे

दूसरी तरफ़-नागनाथ

न हुआ

न होना था

न होगा

तेरा-मेरा कभी साथ

* * *

झुठला दूँगा चाँद की चमक को

सूरज की आग भी

गर क़िस्मत ए किताब में बिछुड़ना लिखा होगा भी

* * *

महफ़ूज़ न था,

बेकरार ए मंज़र में

चला आया हूँ

दूर कहीं ज़िन्दगी

करने बअसर

* * *

बिखरी हैं मुस्कुराहटें इफ़रात इधर
वो मग़रूर हैं अपने अक्स ए आईने में
हम सोचते हैं मुहब्बत है उधर
वो मुसलसल मशरूफ़ हैं जाने किधर

* * *

आँखें खोल दी उसने सूरत को आईना दिखाकर
बेवक़ूफ़ दिल को इश्क़ की राब्ता ए रवानी सिखाकर
कभी होंगे नैन उनके भी नम
जब निकलेगा आशिक़ ए आज़ाद का दम
उड़ लिया बहुत कबूतर अब नीचे आ!
काम बहुत आ गया अब सुन ओ एहसास तू ज़रा पीछे जा

* * *

दरख़्त चीड़ का हूँ
हिस्सा भीड़ का हूँ
मुझको ख़ास न समझ ऐ शागिर्द
टूटा हुआ दिल हूँ,
लुटा हुआ इश्क़ हूँ
खँडहर क़िला कोई जीर्ण-सा हूँ
हिस्सा भीड़ का हूँ...
हिस्सा भीड़ का हूँ...

* * *

नजासत है मोहब्बत में बहुत कुछ
मगर ख़ुद ये पाक है इतनी कि नुक़्स दिखते नहीं

शब्दार्थ
नजासत- अपवित्र
नुक़्स- भूल, चूक, दोष

* * *

नूर तू न दिखा
जीना मुझको न सिखा
दिल दरकता है तो दरकने दे

दरारें सबको न दिखा
हौसला चाहिए प्यार में बहुत
अड़चनें हैं इक़रार में बहुत
दिल की धड़कनें सुनाई तो देती हैं
मगर कानों पर पहरेदार हैं बहुत

उसने आँखों को मीच रक्खा है
मुट्ठियों को भींच रक्खा है
ख़ुशबुओं से दूर यूँ हैं कि दिल
यूँ न भरमाए
दम है उनकी मुहब्बत में
कि कहीं नैन लड़ न जाएँ

उन्होंने ख़ुद से बातें बन्द कर दी हैं
है डर कि दिल
हाल ए महबूब न पूछ ले

डालकर नाक पर बल वो चिढ़ गयी
इश्क़ की बात पर ख़ुद से भिड़ गयी
छुपाकर परायी मुहब्बत को वो उड़ गयी

पी ली है हमने तो शराब इश्क़ की
अब बहक भी जाएँ तो गुनाह माफ़ हों
पर ज़रा उन्हें भी देखे कोई
जो बिना पीये भी डोलते हैं मेरे इश्क़ में

वो याद करते हैं रातों की सर्द हवाएँ
मुझे यकीं है कहीं तसव्वुर मेरा भी रहा होगा

तुझसे दूर परिंदा प्यासा है
तूने ही दिल को तराशा है
धकधक की आवाज़ है तू

दीवाने की परवाज़ है तू
हाल पता कुछ जाना न
अपना तूने माना न
कैसे उड़ता सूखे गले ये परिंदा
ख़ैर मना बस है ये ज़िन्दा

चीन से बड़ी दीवार है कोई
मीलों दूर दिलदार है कोई
पढ़ ले कोई न आँखों को
कितना देखो प्यारा है कोई
खोज रहा लिये डण्ड मुट्ठ में
जैसे पहरेदार है कोई

जलती लौ में झुलसा नहीं वो पतंगा क्या
इश्क़ में जो पिटा नहीं वो लफ़ंगा क्या
तेरे गालों पर उगे प्यार के फूल खिले क्या
आग तो लगनी ही थी जो तेरे-मेरे दिल मिले क्या

इस कमबख़्त मोहब्बत के मरीज़ को ज़रूरत है तेरे दीदार की
मगर हकीम बैठा है इतनी दूर कि ज़रूरत है सात समन्दर
पार की
नदी में लटकाए पाँव वो मग़रूर हैं किसी सल्तनत से
कि है उम्मीद बोल दें दो लफ़्ज़ बेख़बर शायर को भी
मुहब्बत से

वो कहकर एक लफ़्ज़ चले जाते हैं
इधर दिल में ज्यों तूफ़ान से आते हैं
कि की है उनके दिल में भी मुहब्बत ने खट्-खट्
तभी वो नाक में लेकर प्यारा-सा बल बोलते हैं चल हट
पिय की नज़रें बचाकर
ख़ुद को ख़ुद से छुपाकर
चले आओ ओ पायल की झन्कार

दफ़्न हो न पनप रहा वो प्यार

ऐसी इण्टरनेट की गली न छोड़ूँगा
हर जगह तेरा नाम मुझसे जोड़ूँगा

वो मग़रूर हैं अपने हम-आईने में
जाने अक्स कौन किसका देखता है

दिल में घुल रही है कहीं मिठास कोई
वो मुस्कुराए तो है दिल को आस कोई

भींच लेना मुझे बाँहों में
खो जाना अपनी आहों में
फिर साँसों को साँसों से लड़ाना
धीरे से कहना दीवाना दीवाना दीवाना

ख़तरे के निशान से पहले आगाह करना
लोगों की भी परवाह करना

हम दो परिंदे हैं
ख़ुदा के बन्दे हैं
उड़ रहे छूने आकाश
लिए ख़ूबसूरत एहसास
श्यामल होठों पर गीत है
तू ही मेरा मन मीत है
ये तेरी मेरे लिए
मेरी तेरे लिए प्रीत है
न उसकी न इसकी
किसी की न हार है
न जीत है

70. ए हसीन गुलाब के वालिद सुन

ए हसीन गुलाब के वालिद सुन
चुप रहकर साज़िशें न बुन
काँटों को टेढ़ा क़ुदरत से पाया है
जिनमें हुनर ए इश्क़ तूने छुपाया है
तोड़ना मैं फूल चाहूँ
तो हाथों में इनको चुभाया है
दो शब्द ही तारीफ़ के कह दे साँवरे
ये शायरी का पानदान बाज़ार से न आया है

71. धोखा इन इश्क

केश गुच्छ
सपाट मुच्छ
कर दिया तेरे इश्क़ ने
किसी साधु-सा
भिक्षु-सा
बना दिया मिलने की रिस्क ने
देखकर लगता है बहुत
धोखा इन-इश्क़ है
तप है तू
मेरी साधना भी
इस क़दर
घुमा दिया तेरी स्मित सी मुस्क ने
तू मीठी है किसी शहद चोर जिया की
शरमायी यूँ बैठी ज्यों पहली भोर पिया की
रोक! तोड़ दे बंधन सारे
आ जा तू कहीं दूर से प्यारे
बात बहुत है रात बहुत है
पल दो पल की मुलाक़ात बहुत है
खुल जाएँगे होंठ सिले जो
यूँ हमारे दिल मिले तो
जले ज़माना जलने दो
तुम तो ऐसे चलने दो
खुली आँख में ख़्वाबों को पलने दो
आ जाओ तुम खुलकर खड़ा 'बरुण' निर्भय
मिलें करें अब नयी सदी का नया अरुण उदय

72. जयंती कूप गच्छम् नर्मदा

हर हर नर्मदे!
हृदय में नर्मदा।
रक्त में नर्मदा।
भाव में नर्मदा।
चराचर जगत जीवक नर्मदा।
आस्था में नर्मदा।
करणी में नर्मदा।
सस्वर में नर्मदा।
नस्वर में नर्मदा।
मातृत्व में नर्मदा।
पुत्रीत्व में नर्मदा।
भार्यत्व में नर्मदा।
भ्रातृत्व में नर्मदा।
भगिनत्व में नर्मदा।
कन्यात्व में नर्मदा।
व्यष्टि में नर्मदा।
समष्टि में नर्मदा।
एकेश्वर में नर्मदा।
बहुत्व में नर्मदा।
अंतस में नर्मदा।
बाह्यत्व में नर्मदा।
रोम में नर्मदा।
आरबीसी, डब्ल्यूबीसी में नर्मदा।
सोच में नर्मदा।
कार्य में नर्मदा।
तन में नर्मदा।
मन मद नर्मदा।
परिक्रम में नर्मदा।

स्थितप्रज्ञ में नर्मदा।
गंग में नर्मदा।
कृष्णा, कावेरी में नर्मदा।
रेत की छाती में नर्मदा।
सतपुड़ा-विंध्य की क्लीव्स में नर्मदा।
अमरकंटक की जटाओं में नर्मदा।
भड़ोंच के पल्लू में नर्मदा।
बरगी की आवारगी में नर्मदा।
पुनासा के दुष्चक्र में नर्मदा।
ओमकार के नाद में नर्मदा।
शूल के शृंगार में नर्मदा।
जल अविरल धार नर्मदा।
राजनीति का हथियार नर्मदा।
भक्तों की बहार नर्मदा।
खनन दस्यु की सुंदरी नर्मदा।
दुष्कर्म पीडिता-सी लाचार नर्मदा।
भक्तों की कोरी हर-हर नर्मदा।
बुढ़ाती रोगी जर-जर नर्मदा।
'शिव' की ज़ुबानी बेटी नर्मदा।
खनन की नज़र में सिर्फ़ रेती नर्मदा।
तट बाशिंदों की कोरी बातों में माता नर्मदा।
खनन दैत्य का हाथ छाती को दबाता नर्मदा।
नौकरियों में जकड़े नक्कारों की नर्मदा।
परिक्रमावासियों के धिक्कारों की नर्मदा।
वल्लभ भवन की मीनार नर्मदा।
दोसौतीसी सदन की दीवार नर्मदा।
भ्रष्ट एनवीडीए का चीत्कार नर्मदा।
हरसूद का रुदन, जल सत्याग्रहियों का हाहाकार नर्मदा।
भगवा भक्त की रेतीली दलाली से ली
स्कॉर्पियो कार नर्मदा।
एनबीए की फ़ाइलों में बँधा, टूटा, उखड़ा, खुरदुरा पठार

नर्मदा।
नर्मदा जयंती पर सखाजी की निराशा नर्मदा।
चंद लाइनों में वाह-वाही का प्यासा नर्मदा।
जयंती कूप गच्छम् नर्मदे।
औपचारिकताओं को स्वच्छम् नर्मदे।
चलो हर हर नर्मदे!
जो हो रहा है होने दे।

सरल :
बाशिंदे- वासी, रहने वाले
नक्कारों- बेकाम के

73. अरपा तुम विनाशिनी बन जाओ

हे अरपा अब तुम रौद्र रूप धरो
तीरों का कचरा, क़ब्ज़ा दूर करो
रेती की खाइयाँ, भाषणों की अँगड़ाइयाँ
तुम न अब भरोसा करो ।।
हे अरपा अब तुम रौद्र रूप धरो ।।

तुम न किसी बैराज, एनीकट से डरो
ताण्डव औ तंद्रा का अब लिहाज़ न करो
बदल गया है ज़माना हे अन्तःसलिला
कण्ठ में न अब कोई ज़हर धरो ।। हे अरपा ...

तोड़कर तटों को जा आँगनों में नावें धरो
जब सोचते नहीं वे तो तुम क्यों सोचा करो
छोड़ दो बहाकर हमें कहीं दूर दरिया में
अपने साहिलों को इतना चौड़ा करो ।। हे अरपा ...

आरती, नारियलों से मन न तुम बहलाया करो
रेत के खद्दारों पर तुम कहर बनकर टूट तो पड़ो
नहीं उम्मीद बहुत निज़ाम औ तख़्त से मुझको
आओ अब तुम्हीं अपना ख़ाली प्यासा उदर भरो ।।
हे अरपा...

नया बहुत है 'बरुण' इस शहर के लिए
पर एक सींक काफ़ी है आग ए मंज़र को
टूटती साँसों, थमती नब्ज़ों से निपटा करो
अरपा तुम अब रौद्र रूप धरो ।। हे अरपा...

सरल : खद्दारों- खनन माफ़ियाओं; निज़ाम- व्यवस्था,
प्रशासन

74. हे राम

हे राम
तेरा नाम मुश्किलों में आता है
थक जाएँ, हार जाएँ, टूट जाएँ
निकलता है
हे राम
तुम ही हो मोचक संकट के
रेमेडी कोई झटपट से
कोई बोले राम
तुम चले आते हो दौड़े
पर
राम तेरे आगे का जय श्री
किसी के लिए बन गया जय
बाबरी से दादरी तक
जय श्री राम
कैसे प्रभु
तुम तो केवट, निषाद, विभीषण, शबरी, सुग्रीव
से पीडितों के प्यारे हो
निर्माण के ध्वज, ध्वनि हो
ये तेरी प्रभुता है
मगर,
प्लीज़, राम इन खोखले जय श्री राम वालों को समझाओ
ये यूँ बरग़ला रहे हैं
तेरे रूप को तेरे काम को
एक अंश नहीं जानते
ठीक वैसे ही उन्मादी
जैसे कुर्बानी देते हैं मासूम बक्करे की वो मुहम्मद के नाम पर
राम कुछ करो
मुहम्मद कुछ करो

75. सर्वत्र हनुमान

सर्वत्र तू।
सबका तू।
मानो तो भी न मानो तो भी।
लाल भी तू, काल भी तू।
अजर भी तू, अमर भी तू।
शैल भी तू, तल भी तू।
बाल भी तू, वृद्ध भी तू।
प्रणम्य भी तू, प्रणाम भी तू।
स्वामी भी तू, सेवक भी तू।
योग भी तू, जोग भी तू।।
श्राप भी तू, वरदान भी तू।
सर्वत्र, सदैव, सरल, सुलभ, साकार, साक्षात् सम्भव,
सबका तू।
राम। राम। राम।

www.ingramcontent.com/pod-product-compliance
Lightning Source LLC
LaVergne TN
LVHW091104180726
843490LV00002B/621